AF210534

Tage aus Glas

Helga Köhler-Seidel

geboren 1953 in Erfurt, aufgewachsen in Hannover, Mutter von zwei erwachsenen Kindern. Ausbildung zur Dolmetscherin der englischen Sprache, Fernstudium mit Abschluss Betriebswirtin SGD. Literarischer Schwerpunkt: Märchen für Kinder und Erwachsene. Lebt in Osnabrück.

Sandra König-Seidel

geboren 1973 in Melle, Mutter von zwei Kindern. Studium an der Universität Osnabrück in den Fächern Bildende Kunst und Deutsch. 1999 Gewinnerin des Kunst-Förderpreises der Kulturstiftung Hartwig Piepenbrock. Lebt in Osnabrück.

Zum Inhalt des Buches:

In märchenhaften Geschichten für Kinder und Erwachsene erzählt die Autorin Helga Köhler-Seidel von der Suche nach dem eigenen Lebensweg, von Freundschaft und der Überwindung von Grenzen und Konventionen.

Eine Löwenzahnpflanze, die Angst hat, ihre Schönheit zu verlieren. Ein Junge, der auf der Suche nach einem zerstörten Stein seines Lebensmosaiks uneigennützige Hilfe erfährt. Eine sprechende Eichel, die durch ein Eichhörnchen ihren wahren Lebenssinn erkennt. Ein Marienkäfer, der auf Wolken wandern will. Diese kleine Auswahl repräsentiert den Phantasiereichtum der Erzählungen. Die Autorin entführt dabei den Leser in immer heiteren, aber oft auch nachdenklichen und besinnlichen Geschichten in eine ganz eigene Welt, die alle Altersgruppen miteinander verbindet.

Tage aus Glas

Märchen von

Helga Köhler-Seidel

mit Zeichnungen von

Sandra König-Seidel

Bibliografische Information der Deutsche Bibliothek:
Die Deutsche Bibliothek verzeichnet diese Publikation
in der Deutschen Nationalbiografie; detailierte bibliografische
Daten sind im Internet über <http://dnb.ddb.de>abrufbar.

Impressum:

©2005 Autor Helga Köhler-Seidel
©Zeichnungen Sandra König-Seidel

Herstellung und Verlag:
Books on Demand GmbH, Norderstedt
ISBN 3-8334-2740-X

Inhalt:

Die Note

Es war ein schöner Sommertag mit blauem Himmel und weißen Schäfchenwolken. Die Sonne lachte in einen besonders hübschen kleinen Garten voller bunter Blumen hinab. „Ist das hübsch hier", sagte sie fröhlich und ließ einen vorwitzigen Sonnenstrahl durch das geöffnete Fenster schlüpfen. Was er dort sah, gefiel ihm ganz außerordentlich. Weiße duftige Gardinen bauschten sich vor blitzblanken Fenstern, die Dielen auf dem Boden waren sauber geschrubbt und auch die hellen Möbel glänzten poliert. Auf dem Sofa schlief zusammengerollt auf einem Samtkissen eine graugetigerte Katze und schnurrte wohlig, als der Sonnenstrahl sie streichelte. Neugierig wanderte er weiter, malte bunte Kringel an die Wände, spiegelte sich im Kristall der Deckenlampe und kehrte zurück zu der schlafenden Katze, um sie am Näschen zu kitzeln. Vielleicht hatte sie ja Lust, mit ihm zu spielen? „Ha-Hapuschi!!", nieste die Katze den erwartungsvollen Sonnenstrahl an, der verdutzt zurückprallte und auf ein altertümliches schwarzes Klavier mit goldenen Kerzenleuchtern und reichen Verzierungen flog. Ein Klavier! Andächtig wanderte er die weißen und schwarzen Tasten herauf und herunter. „Schade, dass ich so leicht bin", sagte er bedauernd zu der Topfblume, die ihm interessiert zusah. „Ich hätte gern ein wenig Klavier gespielt." Die Topfblume ließ einen langen Trieb zu dem Klavier hinüberwachsen. „Wir versuchen es zusammen", bot sie ihm an. Die grüne Ranke und der Sonnenstrahl mühten sich redlich, aber die Tasten wollten und wollten sich nicht bewegen. Da nahten schnelle Schritte, die Tür flog auf und ein junger Mann betrat eilig das Zimmer. Der Sonnenstrahl flitzte erschrocken wieder nach draußen. Die Ranke schaffte es nicht zur Topfblume zurück und blieb schlapp auf dem Boden liegen. „Meine Güte", wunderte sich der junge Mann, der fast über sie gestolpert wäre, „diese Blume wuchert wie eine Dschungelpflanze." Er hob den Trieb auf und flocht ihn sorgfältig in die Mutterpflanze, die ihr Kind sofort besorgt umklammerte.

„Dass ich die Melodie nur nicht vergesse ...." Er schlug einige Tasten an. „Nein, nein", murmelte er und schüttelte den Kopf. Die Katze gähnte und streckte sich. „Wieso?", maunzte sie. „Das war doch ganz nett." Leider verstand der junge Mann die Sprache seiner Katze nicht. Mit dem Urteil „ganz nett" wäre er sowieso kaum zufrieden gewesen. Nachdenklich ging er zum Fenster und sah in den Garten hinaus. „Dieses Bild, diesen Duft müsste man in Töne fassen können", sagte er hoffnungslos. „Diesen Sommertag müsste ich in einer Melodie festhalten können." Lauschend neigte er den Kopf. Der Springbrunnen plätscherte sein silbernes Lied, die Bienen summten über den erwartungsvoll geöffneten Blütenkelchen, die dicken

Hummeln brummten träge durch die blühenden Büsche. In den Zweigen der kleinen Bäume zwitscherten die Vögel, und über allem lag der überwältigende Duft einer sonnenbeschienenen blühenden Wiese. „Diesen Sommertag in einer Melodie festhalten ...." Zögernd setzte sich der junge Mann auf den Klavierhocker, schloss die Augen, hob die Hände und schlug einen Akkord an. Der vorwitzige Sonnenstrahl sah seine Stunde gekommen, er flitzte durch das Fenster zurück und legte sich auf die spielenden Hände. Und da passierte es: Die Melodie dieses Sommertages erfüllte den Raum mit ihrer Schönheit. Die Noten verbanden sich zu einer leuchtenden Kette und schwebten durch das geöffnete Fenster, der dicke Notenschlüssel vorneweg. Die Katze erwachte und folgte dem klingenden Band in den Garten, sprang auf die kleine Mauer und sah aufmerksam auf die Straße, wo die Menschen lächelnd die Köpfe hoben und lauschten. Für einen Augenblick ruhten alle Hektik, alle Betriebsamkeit, aller Lärm.

Aber eben leider nur für einen Augenblick. Ein frecher kleiner Windstoß hatte das leuchtende Musikband auch gesehen, kam jubelnd angebraust und zerriss in seinem Überschwang die Kette. Die Noten purzelten durcheinander und das Lied schwieg. Die Menschen auf der Straße erwachten wie aus einem Traum mit dem Gefühl, etwas Wunderbares verloren zu haben. Aber was? Der junge Mann hätte es ihnen sagen können, aber er hatte im Moment ganz andere Sorgen. „Kommt zurück", rief er verzweifelt, „kommt zurück!" Inzwischen hatte der dicke Notenschlüssel alle Hände voll zu tun, zusammen mit dem hilfsbereiten Sonnenstrahl und dem sehr schuldbewussten kleinen Windstoß die verstörten Noten einzusammeln und zu einer Kette zu verbinden. Leise erhob sich wieder eine Melodie und schwebte zurück in den Garten. Aber sie hatte ihr Leuchten, ihren Duft und ihre Vollkommenheit verloren: Eine Note fehlte.

Entmutigt flogen die übriggebliebenen Töne wieder durch das geöffnete Fenster zurück und schlüpften in das Klavier. Auch die Katze kehrte heim und kuschelte sich verschlafen auf ihr Samtkissen. „Vielleicht ist die Note hier irgendwo im Zimmer heruntergefallen." Der Sonnenstrahl hatte die Hoffnung noch nicht aufgegeben und leuchtete in die Ecken hinein, während der kleine Windstoß dienstfertig die Vorhänge hochpustete. „Nein, ist sie nicht", stellte die graugetigerte Katze fest. „Wieso: Ist sie nicht?", fragte der Sonnenstrahl begriffsstutzig. „Weil der Nachbar sie in den Kühlschrank gelegt hat", teilte die Katze ihm gähnend mit. „Der Nachbar hat - was??" Dem Sonnenstrahl verschlug es vor Empörung die Sprache. „In den Kühlschrank gelegt hat er sie. Erst hat er sie gefangen und dann in den Kühlschrank gelegt. Ich saß doch auf der Mauer und konnte in sein Haus sehen. Kälte konserviert, hat er gesagt und gelacht dabei." Für die Graugetigerte war mit dieser erschöpfenden Auskunft die Sache erledigt. Sie kullerte sich zusammen und schloss die Augen. Katzen leben in ihrer eigenen Welt, sie sind Geschöpfe der Nacht und ihrer Gesänge. Was kümmerte die Graugetigerte also der Kummer dieses Sommertages?

Aber der Sonnenstrahl war nicht bereit, so schnell aufzugeben. „Wir brauchen deine Hilfe", sagte er energisch und schubste die schlafende Katze. Und wenn ein heißer Sonnenstrahl schubst, ist das eine recht schmerzhafte Angelegenheit. Die Katze fauchte vorwurfsvoll, setzte sich aber vorsichtshalber auf. „Was willst du denn tun?" „Wir werden die Note befreien. In der Kälte wird sie nicht konserviert, sondern sie stirbt. Schließlich ist sie eine Sommernote, sie braucht Licht und Wärme." Der Sonnenstrahl sah sich suchend um. „Die Ranke muss uns auch helfen", beschloss er. „Ich lasse die Kleine mit euch gehen. Aber nicht zu lange, sie muss noch eine Weile bei mir verwurzelt sein, um selbst leben zu können", sagte die besorgte Mutterpflanze, ließ ihr Kind zu der Katze hinüberwachsen und wickelte ihr die kleine Ranke um den Hals. Dann löste sie vorsichtig die zarten Füßchen von ihrem Stamm. „Meine Güte, wie albern", stöhnte die Katze, „hoffentlich sehen mich meine Freunde nicht mit diesem Blätterhalsband!" „Stell dich nicht so an und komm", sagte der Sonnenstrahl ungeduldig und flitzte aus dem Zimmer und durch den Garten, gefolgt von dem kleinen Windstoß mit dem sehr schlechten Gewissen und der maulenden, grünumrankten Katze.

Vorsichtig schlichen sich die drei durch die geöffnete Terrassentür in das Nachbarhaus. Vor dem Kühlschrank in der Küche blieben sie stehen. Ein schwacher Ton war selbst durch die geschlossene Tür zu vernehmen und in der Küche hing immer noch der zarte Duft von Sommerblumen. „Wickel dich um den Griff", wies der Sonnenstrahl die kleine Ranke an, die folgsam die Tür hinaufkroch, während der Windstoß vorsichtig pustend nachhalf. „Und jetzt ziehen", kommandierte der Sonnenstrahl. Die Katze fasste behutsam das baumelnde Ende der kleinen Ranke mit den Zähnen und ruckte an. Geschafft! Da lag die arme Sommernote in ihrem Kälteschlaf. „Wach auf", flüsterte der Sonnenstrahl und wärmte sie liebevoll. Mühsam erhob sich die Note und flog klingend aus dem Kühlschrank. „Psst, nicht so laut", warnte die Katze. Aber zu spät! „Was ist denn hier los", polterte eine Stimme, die Küchentür flog auf und der Nachbar stürmte in die Küche. „Was machst du denn hier, du Mistvieh", brüllte er die Katze an, die vor Schreck einen buschigen Schwanz bekam und vorsichtshalber schon einmal ihre Krallen ausfuhr. „Lauft!", rief der Sonnenstrahl und strahlte plötzlich so hell, dass die Küche von einem gleißenden Licht erfüllt war, in dem der Nachbar hilflos und geblendet auf der Suche nach der Tür herumtappte. Die Katze schnappte sich die Ranke und schwang sie sich um den Hals, der kleine Windstoß packte die Note und pustete sie vor sich her, und auch der Sonnenstrahl schaffte noch den Weg aus der Küche, bevor die Tür zuflog. In wilder Jagd sausten sie zurück über die Mauer, durch den Garten und landeten völlig außer Atem wieder im Musikzimmer.

„Das war knapp", stöhnte die Katze, löste vorsichtig die Ranke von ihrem Hals und brachte sie in die grünen Arme der Mutterpflanze zurück. Die erschöpfte Note ruhte immer noch in den Armen des Windstoßes, erwärmt von dem Sonnenstrahl. Lauter und lauter wurde ihr Klang. Als erstes hörte sie der Notenschlüssel, der eifrig aus dem Klavier gekrabbelt kam, während er die anderen Töne hinter sich herzog. Glücklich reihte sich die Note in den Reigen ihrer Schwestern ein - und da war es wieder: das leuchtende Band, die Melodie, der Duft, die Vollkommenheit des Sommertages. Es flog durch den Raum, streifte die Topfpflanze, die ihre kleine Ranke hätschelte, hob sich und senkte sich, drehte sich, flog ... und flog .... und flog .... in Richtung -

„Fenster zu!", brüllte plötzlich die Katze. „Ich habe gar nichts gemacht", verteidigte sich der erschrockene Windstoß. „Nein, noch nicht", sagte der Sonnenstrahl rachsüchtig. „Aber die Katze hat recht. Wenn diese Melodie das Zimmer verlässt, geht das ganze Theater von vorne los. Bist du es nicht, ist es ein anderer unvernünftiger Windstoß, und wir können bis in alle Ewigkeit eine Note aus dem Kühlschrank befreien." „Ich glaube, ich kann euch helfen", sagte eine freundliche Stimme. Gleißendes Licht und Wärme erfüllten das Zimmer bis in den letzten Winkel: die Sonne war erschienen.

„Chefin!" hauchte der Sonnenstrahl ehrfürchtig und knickte zusammen. Die anderen schwiegen beeindruckt, während die Melodie jubelte und die Herrin des Sommers begrüßte. „Zu große Schönheit und Vollkommenheit weckt Neid und Missgunst, deshalb werden zukünftig nur die Menschen, die reinen Herzens sind, den Zauber dieses Liedes wahrnehmen", sagte die Sonne. „Und die anderen?", fragte die Katze neugierig. „Für die anderen wird es eine sehr hübsche Melodie sein, nicht mehr, aber auch nicht weniger", erklärte die Sonne geduldig. „Und die Tiere?" Die Katze wollte es aber nun genau wissen. „Die Tiere", lächelte die Sonne, „sind immer reinen Herzens. Kein Tier tut bewusst Böses." Nun war auch die Katze zufrieden. Ein letztes goldenes Aufleuchten, ein Hauch von Wärme und Sommer, dann war die Sonne verschwunden. Auch der Sonnenstrahl musste sich verabschieden, denn der Abend nahte. Der Windstoß ließ sich schläfrig durch den Garten treiben, die Katze rollte sich auf ihrem Kissen zusammen und gähnte, die Topfblume und ihre kleine Ranke nickten verschlafen mit den Köpfchen, zufrieden alle.

Nur der junge Mann, der ja von alledem nichts mitbekommen hatte, war noch unglücklich. Traurig kam er von seiner Suche nach der Melodie in den Straßen der Stadt zurück und setzte sich auf den Klavierhocker. Seufzend schlug er einen Akkord an. Und da war sie wieder - seine Melodie. Sie erhob sich aus den Tasten, das leuchtende Band schwebte in den abendkühlen Garten, verbreitete eine Ahnung von Licht, Wärme und Duft, schwebte über die Stadt und kehrte wieder zu dem jungen Mann zurück, der sprachlos vor Glück am Fenster stand. Einige Menschen in der Stadt hatten andächtig die Köpfe erhoben und gelauscht, weil sie mehr hörten und sahen als die anderen. Und die Tiere? Na, die Tiere sowieso.

Schutzengel

An den Grenzen der Zeit erhebt sich ein riesiger Baum. Er ist so hoch und mächtig, dass sein Wipfel in den Wolken verschwindet. Kein Mensch hat ihn je zu Gesicht bekommen, denn er steht am Rande des Feenreiches auf einem Berg, den selbst die hochrangigsten Feen nicht betreten dürfen. Es ist ein heiliger Berg, die Heimat der Schutzengel. Hierher kehren sie zurück, ruhen sich im Gras unter dem Baum, in den rauschenden Blättern der Zweige, in den Höhlen des mächtigen Stammes von ihrer Arbeit aus. Die dichte Wolkendecke allerdings, die den Baumwipfel umhüllt, dürfen auch sie nur einmal im Monat betreten, wenn die Glocke des obersten Schutzengels sie zum Treffen ruft.

„Sag mal, hat es nicht gerade geläutet?", fragt Christian den vor sich hin dösenden Daniel und schubst ihn sanft an der Schulter. Daniel schreckt auf. „Ich habe nichts gehört", murmelt er und dreht sich auf die andere Seite, um sein Nickerchen fortzusetzen. Christian horcht. „Doch, es hat geläutet", beharrt er und schaut unschlüssig von seinem Ast herunter in die Tiefe, aus der schon leises Flügelrauschen zu vernehmen ist. Die anderen Schutzengel haben auch den Ruf der Glocke vernommen und eilen zum Treffen. Lachend und sich an den Händen haltend, eifrig erzählend oder still in sich versunken, fliegen sie an Christian vorüber. „Los, du Schlafmütze", sagt er und versucht, Daniel auf die Füße zu ziehen. Daniel lässt sich hängen wie ein Sandsack. „Nur noch ein Viertelstündchen", mault er und kuschelt sich wieder auf seinen Ast. „Du wirst wieder Ärger bekommen", mahnt Christian unglücklich. „Ich komme ja gleich nach", nuschelt Daniel und schläft schon wieder. Christian mustert ihn verdrossen, zuckt die Schultern und macht sich auf den Weg zum monatlichen Treffen. Schließlich kann er nicht auch noch Schutzengel für einen Schutzengel sein, irgendwo hat auch sein Verantwortungsgefühl Grenzen.

Oben auf der Wolkendecke wartet der oberste Schutzengel schon ungeduldig mit einer langen Liste in der Hand und schaut Christian strafend entgegen. „Schon wieder zu spät", sagt er mahnend. „Tschuldigung", flüstert Christian und drückt sich neben Ansgar in die Wolken. „Wo ist Daniel?", fragt Ansgar leise, während er sich suchend umschaut. „Schläft", tuschelt Christian. Ansgar seufzt. Immer dieses Theater mit Daniel! Einen so pflichtvergessenen Schutzengel hat es schon lange nicht mehr gegeben. „Ich glaube, es sind alle da", sagt Peter, der oberste Schutzengel, und vergleicht noch einmal seine Liste mit den Anwesenden. Er murmelt Namen, macht Kreuzchen auf seiner Liste und mustert, die Augen unter den buschigen Brauen zusammengekniffen, die erwartungsvollen Gesichter, die ihm zugewandt sind. Von einem Engel ist jedoch nur der gesenkte, blonde Haarschopf zu sehen. „Wieso musterst du so gewissenhaft die Wolken unter deinen Füßen, lieber Christian?", fragt er spöttisch. Christian schreckt auf. Er hat versucht, sich so breit wie möglich zu machen, um über Daniels Fehlen hinwegzutäuschen. Das hat wohl nicht geklappt. „Wo ist überhaupt Daniel?", fragt Peter auch schon tadelnd. „Mist", murmelt Christian. Jetzt muss er wieder ausbaden, dass sein Freund so eine Schlafmütze ist. „Hier bin ich doch", tönt da eine atemlose Stimme aus dem Hintergrund, und Daniel kommt angesaust, noch ganz verschlafen, mit zerzausten Flügeln und Haaren. Peter schüttelt seufzend den Kopf, macht sein Kreuzchen hinter Daniels Namen und legt die Liste zur Seite. Nun sind alle versammelt.

„Liebe Schutzengel", beginnt Peter seine Rede. „Ich freue mich, dass ihr alle so vollzählig und pünktlich erschienen seid", murmelt Daniel. Christian rempelt ihn kichernd an. „Ich freue mich, dass ihr alle so vollzählig und weitestgehend pünktlich erschienen seid", setzt Peter gütig seine Rede fort. Christian platzt fast vor Lachen, beherrscht sich aber sofort, als er Peters strafenden Blick auf sich ruhen fühlt. „Einige von euch warten schon lange darauf, endlich als Schutzengel arbeiten zu dürfen. Heute kann ich euch die erfreuliche Nachricht überbringen, dass ihr alle einen Schützling zugeteilt bekommt." Christian lehnt sich entspannt zurück. Damit kann er nicht gemeint sein, denn er ist mit dem Menschen, den er zu beaufsichtigen hat, mehr als ausgelastet. Daniel schläft schon wieder. Peter zückt einen Stapel Zettel und verliest Namen und Adressen, die er den noch arbeitslosen Schutzengeln zuteilt. „Daniel", ruft er und wedelt mit dem letzten Zettel. Daniel schreckt auf, sieht sich irritiert um, murmelt sinnlos „Ach so" und eilt nach vorn. Peter mustert ihn sorgenvoll. „Auch deine Zeit als Schutzengel ist gekommen", sagt er und drückt Daniel den Zettel mit Namen und Adresse seines schutzbefohlenen Kindes in die Hand. „Was soll ich damit?", fragt Daniel. Die Schutzengel raunen empört, verstummen aber sofort, als sie Peters zorniges Gesicht sehen. „Aufpassen, lieber Daniel, denn dies ist deine Aufgabe", sagt er mit seidenweicher Stimme. Daniel starrt immer noch auf den Zettel. „Und was kriege ich dafür?", mault er. Die Schutzengel ziehen die Köpfe ein. Peter schnappt nach Luft. „Was ... was .... was du dafür kriegst?", fragt er fassungslos. Daniel nickt. „Ich kann dir sagen, was du kriegst, wenn du deine Aufgabe nicht erfüllst", brüllt Peter. „An die Arbeit, alle, los!" Eilig flattern die Schutzengel von dannen, während Peter sich erschöpft in die nächste Wolke fallen läßt. Immer dieses Theater mit Daniel!

Daniel beschließt unterdessen, sich das Mädchen, das er beschützen soll, wenigstens einmal anzusehen. Langsam flattert er zur Erde, in die Stadt, in der das Kind wohnt, und malt sich dabei in den leuchtendsten Farben aus, welche Umgebung ihn erwarten wird. Bestimmt ist sie eine Prinzessin und wohnt in einem Palast. Peter weiß schließlich, was ihm zusteht. Suchend fliegt er durch die Straßen, vergleicht die Straßenschilder mit seinem Zettel, schüttelt den Kopf und sucht weiter. Nein, im Palast wohnt sie nicht. Vielleicht in den prächtig verzierten Häusern dort? Nein, auch nicht. Weiter und weiter geht die Suche. Daniels Stimmung sinkt rapide. Endlich hat er das Haus gefunden und schaut fassungslos durch das Fenster. „Das kann ja wohl nicht wahr sein", murmelt er und vergleicht sicherheitshalber noch einmal seinen Zettel mit dem Namensschild. Doch, kein Zweifel möglich. Hier ist es. Hier, in dieser armseligen Umgebung wohnt das Kind, das er zu beschützen hat. „Du brauchst gar nicht so ungläubig zu gucken, du bist hier schon richtig", sagt jemand neben ihm. „Ansgar, du hier?", fragt Daniel verdutzt. „Was tust du denn hier?" „Ich beschütze die Mutter", grinst Ansgar und deutet auf eine junge Frau, die im Bett liegt, neben sich ein kleines Bündel. „Und was soll ich tun?" „Du beschützt das Kind", sagt Ansgar, packt den widerstrebenden Daniel an der Hand und zieht ihn ins Haus, in das kleine Zimmer, neben das Bett. „Das muss ein Irrtum sein", stellt Daniel entschlossen fest. „Nein, nein, das ist kein Irrtum", berichtigt ihn Ansgar. „Peter irrt sich nie, außerdem hat er dich als neuen Kollegen angekündigt." Daniel verzieht sich zutiefst verletzt in eine Ecke des Zimmers und schmollt. Dass Peter ihn derartig fehlbesetzt, hätte er nie gedacht. Na ja, er kann ja erst einmal ein Nickerchen halten und dann weitersehen.

Während Daniel der Ruhe frönt, hat Ansgar alle Hände voll zu tun. Pflichtbewusst dehnt er seine Liebe auch auf das kleine, hilflose Wesen aus, das strampelnd an der Seite seiner Mutter liegt und den Gefahren der Welt schutzlos ausgeliefert ist. Ansgar rückt die verrutschte Bettdecke zurecht, die das kleine Mädchen zu ersticken droht, fängt den Sturz vom Wickeltisch weich ab, kühlt das zu heiße Badewasser, wärmt die kalte Milch mit seinem Atem, damit die Kleine kein Bauchweh bekommt. Und ganz nebenbei kümmert er sich auch noch um die Mutter. Nach einem Monat ist er völlig erschöpft und bittet Peter anlässlich des nächsten monatlichen Treffens um Urlaub. „Wieso Urlaub?", fragt Peter erstaunt. „Seit wann gehen Schutzengel in Urlaub?" „Seit sie doppelt arbeiten müssen", beharrt Ansgar mit zitternder Stimme. Peter schaut ihn prüfend an. „Du bist ja völlig fertig. Was ist denn los?", fragt er teilnahmsvoll. Ansgar, der eigentlich nicht petzen wollte, bricht zusammen und erzählt Peter von den letzten vier Wochen, in denen er Tag und Nacht zwei Menschen beschützen musste, während der Kollege schlafend in der Ecke saß und sich nicht dazu bewegen ließ, seine Arbeit aufzunehmen. „Schließlich kriege ich nichts dafür, hat er gesagt", beendet er seinen Bericht und schüttelt den Kopf, immer noch fassungslos. „Mmmh", sagt Peter nachdenklich und streicht sich den Bart. Dann tätschelt er Ansgar lächelnd die Schulter und winkt einen weiblichen Schutzengel herbei: „Nun lass mal gut sein. Für heute Nacht kann Katharina deine Schutzbefohlenen mit übernehmen." „Aber die ist doch dem Vater zugeteilt", wendet Ansgar beklommen ein. „Für eine Nacht schaffe ich das schon allein", lächelt Katharina beruhigend, „Schlaf du dich erst einmal aus." „Und ab morgen bekommst du Barbara zur Seite gestellt. Die wollte sowieso gern ein kleines Mädchen beschützen", ergänzt Peter. Getröstet begibt sich Ansgar zur Ruhe. Immer dieses Theater mit Daniel!

Peter mustert immer noch nachdenklich seine Liste. Dann erhellt ein Lächeln sein düsteres Gesicht. „Dir werde ich's zeigen", murmelt er erfreut und bestellt Daniel zu sich, der zwischen Schuldbewusstsein und Vorwurf schwankend angetrottet kommt. „Dir hat es also nicht gefallen?", fragt Peter honigsüß. Daniel ist erleichtert, der erwartete Anpfiff bleibt offensichtlich aus. „Nein", sagt er. „Gut, ich bin auch der Meinung, dass das kleine Mädchen etwas anderes als dich verdient hat", sagt Peter freundlich. „Deshalb habe ich mich entschlossen, dich deinen Wünschen gemäß einzusetzen. Was schwebt dir denn vor?" „Ein Schloss", antwortet Daniel prompt. Peter schüttelt bedauernd den Kopf. „Tut mir leid, die Schlösser sind alle besetzt." „Dann wenigstens Adel", sagt Daniel und überlegt. „Und eine leitende Position", ergänzt er. „Da habe ich etwas für dich", sagt Peter. Daniel streckt die Hand aus, um den Zettel in Empfang zu nehmen. Zu seinem Erstaunen schüttelt Peter jedoch energisch den Kopf. „Nein, nein, ich bringe dich selbst hin", sagt er und nimmt den verdutzten Daniel bei der Hand. Im nächsten Moment stehen sie in einer Straße, die Daniel beifällig mustert. Ja, das ist doch etwas anderes als die düstere Gasse vom letzten Mal. Peter zieht ihn hinter sich her, bis sie zu einem Haus kommen, das von Daniel auch sehr eingehend betrachtet wird. Na ja, ein Schloss ist es nicht gerade, aber die sind ja leider auch alle besetzt.

Ein Auto fährt vor, aus dem ein Mann aussteigt und auf die Haustür zugeht. „Er sieht bedeutend aus", sagt Daniel aufgeregt. „Ist er in leitender Position?" „Ist er", bestätigt Peter, „Er ist Hauptkommissar bei der Polizei. Aber nicht auf ihn sollst du aufpassen, er hat schon einen Schutzengel." „Nicht?" Daniel ist enttäuscht. „Du wolltest doch jemand von Adel", sagt Peter. Daniel nickt gespannt. „Siehst du", sagt Peter erfreut, „Dann habe ich doch die richtige Wahl getroffen. Der Mitarbeiter dieses Mannes nimmt unter seinen Gefährten eine leitende Stellung ein, und von Adel ist er auch." „Den nehme ich!", ruft Daniel begeistert und schaut sich suchend um. „Wo ist er?" „Du suchst zu hoch", grinst Peter. „Schau mal tiefer." Begriffsstutzig lässt Daniel seinen Blick schweifen und erstarrt. „Der?", fragt er entgeistert. „Der!", sagt Peter nachdrücklich. „Ein Hund?" Daniel kann es immer noch nicht glauben. „Das waren deine Wünsche. Leitende Position und Adel. Er heißt Ben von der Bult", sagt Peter und ist im nächsten Moment verschwunden. „Reingelegt", flüstert Daniel fassungslos, lässt sich gegen die Hauswand sinken und mustert unglücklich seinen neuen Schutzbefohlenen. Plötzlich kneift er die Augen zusammen. Wer geht denn da neben dem Mann? „Christian!", ruft er freudig. „Christian, du bist auch hier!" Lächelnd winkt Christian ihm zu. „Herzlich willkommen, Kollege! Du wirst dich hier wohlfühlen. Die Arbeit ist anstrengend, aber spannend." „Bist du der Schutzengel des Mannes?", fragt Daniel gespannt. Christian nickt. „Wollen wir tauschen?", bietet Daniel großzügig an. „Der Hund ist nämlich adelig, der Mann nicht." Christian schüttelt grinsend den Kopf. „Nee, nee, nimm du mal den Hund. Einen Tausch würde Peter auch nicht erlauben." „Aber vielleicht hat er sich geirrt", mault Daniel. „Peter irrt sich nie", sagt Christian ungeduldig. Immer dieses Theater mit Daniel!

In den nächsten Wochen muss Daniel sich gewaltig umstellen. Christian ist nicht so gutmütig wie Ansgar und denkt gar nicht daran, Daniels Arbeit mit zu übernehmen. Auf die Fragen, wer denn vorher für Ben zuständig war, reagiert er ausweichend. „Frag Peter", sagt er nur. Beim nächsten Schutzengeltreffen versucht Daniel, Peter nähere Informationen zu entlocken. Aber auch der schweigt nur und lächelt. Wochen vergehen, in denen Daniel lustlos und nicht sehr gewissenhaft seine Arbeit erledigt. Martin, Bens Besitzer wundert sich über die ständigen Unfälle, die seinem Hund passieren. Ben stolpert auf der Treppe, Ben läuft vor das Auto, Ben fällt auf dem Hundeplatz von der Kletterwand. Auch der Tierarzt weiß keinen Rat. „Er ist eben schon alt", sagt er. „Sie müssen sich mit dem Gedanken vertraut machen, dass er aus dem Polizeidienst ausscheiden muss, Herr Schäfer."

Eines Nachts schüttelt Christian den schlafenden Daniel aufgeregt. „Aufwachen, du Schlafmütze, aufwachen!" Daniel schreckt aus tiefen Träumen hoch. „Was ist denn los?", murmelt er schlaftrunken. „Wir haben doch gar keinen Nachtdienst." „Sondereinsatz", ruft Christian und zerrt den unwilligen Schutzengel hinter sich her. „Was ist ein Sondereinsatz? Ich will schlafen", schimpft Daniel. Christian seufzt und verdreht die Augen. Dieser Kollege ist äußerst anstrengend. „Ein Sondereinsatz ist zum Beispiel eine Durchsuchung bei einer Alarmauslösung mit Verdacht auf Einbruch", erklärt er. „Da müssen wir jetzt hin." Daniel hat nichts kapiert. „Was für ein Verdacht?" „Himmelherrgottnochmal", entfährt es Christian, der sich sofort mit schuldbewusstem Blick zum Himmel auf den Mund schlägt und „Entschuldigung, Chef" murmelt. „In einem Supermarkt ist die Alarmanlage losgegangen. Möglicherweise hat jemand eingebrochen. In solchen Fällen kommen die Hunde zum Einsatz, weil sie mit ihren feinen Nasen Einbrecher aufspüren können, die die Menschen im Dunkeln nicht sehen", erklärt er geduldig. „Hast du es nun verstanden?" Daniel nickt vage. „Und was haben wir damit zu tun?", fragt er. „Ich bin ein Schutzengel. Du bist auch ein Schutzengel. Wir beide sind Schutzengel. Was sollen wir wohl für unsere Schutzbefohlenen tun?" Christian gehen langsam die Nerven durch. „Ist ja gut, ist ja gut", beschwichtigt Daniel, „ich komme ja schon."

Im Supermarkt ist es sehr dunkel, nur der Strahl von Martins Taschenlampe beleuchtet die nähere Umgebung. Christian ist in höchster Anspannung direkt hinter ihm. Daniel schlurft lustlos hinter Ben her, der, die Nase hoch erhoben, suchend die Regale durchstöbert. Plötzlich fährt Christian herum. „Er hat ein Messer!", ruft er und schmeißt einen Stapel Dosen auf eine dunkle Gestalt, die sich von hinten an Martin herangepirscht hat. Martin wirft sich auf den Einbrecher und entreißt ihm das Messer, während Ben die beiden aufgeregt bellend umtänzelt und eine Gelegenheit sucht, einzugreifen. „Pass auf, da ist noch einer!", schreit Christian und stößt Daniel, der hilflos zuschaut und nicht den blassesten Schimmer hat, was jetzt von ihm erwartet wird. In diesem Moment erstarrt Ben, schießt nach vorn und verbeißt sich in den Ärmel des zweiten Einbrechers, der seinem Kumpanen zu Hilfe eilen wollte. „Tu was, der hat auch ein Messer!", brüllt Christian. „Ich kann dir nicht helfen, ich habe hier genug zu tun!" Daniel hüpft hilflos von einem Fuß auf den anderen. „Was soll ich denn jetzt machen?", jammert er aufgeregt. Unschlüssig ringt er die Hände, hält sich die Ohren zu und umrundet Ben und den Einbrecher, der langsam eine Hand hebt. Was blitzt denn da? Daniel schaut ungläubig zu, wie die Hand herunterfährt und in Bens dichtem Fell verschwindet. Ben jault auf und fällt zu Boden.

In diesem Moment sind auch schon Martins Kollegen zur Stelle. Erleichtert atmet Daniel auf. „Geschafft", stöhnt er und wischt sich den Schweiß von der Stirn. Christian mustert ihn merkwürdig. „Was schaust du denn so?", fragt Daniel erstaunt. „Ist doch alles gut gegangen." „Ist es das?", fragt Christian und deutet müde auf Martin, der, seinen Hund in den Armen, auf dem Boden sitzt. „Ist es das wirklich?" „Ben", sagt Martin leise. „Ben, was hast du denn?" Sein Kollege hockt sich neben ihn, nimmt ihm Ben aus den Armen und bettet den Hund sanft auf dem Boden. „Er ist tot, Martin", sagt er mitfühlend. „Wir können nichts mehr für ihn tun."

Fassungslos schaut Daniel zu Christian hinüber, der ihm ernst zunickt. „Nein", sagt er verstört, „nein, das kann nicht sein." „Er ist tot", sagt Christian unbarmherzig. „Du hast versagt. Seine Zeit war noch nicht um. Du hättest ihn retten können." Daniel wendet sich weinend ab. „Das kann nicht sein, das wollte ich nicht", schluchzt er und schlägt die Hände vor das Gesicht. „Man kann das doch bestimmt wieder rückgängig machen. Bitte, dreh die Uhr zurück." „Das geht nicht, das weißt du so gut wie ich", sagt Christian. „Aber ich brauche eine Chance", beharrt Daniel mit tränenerstickter Stimme. „Die hattest du", sagt Christian. „Dieser Hund war deine Chance, nachdem du bei dem kleinen Mädchen schon versagt hattest." Daniel erinnert sich und schweigt. Dann schaut er flehend zum Himmel. „Was soll ich denn jetzt tun? Ist denn hier niemand, der mir helfen kann?"

„Ich bin da", antwortet eine mitfühlende Stimme und ein Arm legt sich um seine Schultern. Ein Schutzengel, den er noch nie gesehen hat, steht neben ihm und lächelt ihn freundlich an. „Wer bist du?", fragt Daniel erstaunt. „Ich bin er", flüstert der fremde Engel, dreht den sich sträubenden Daniel um und zieht ihn neben Bens langgestreckten Körper. „Ich war er", verbessert er sich traurig. „Du warst der Hund?", fragt Daniel erstaunt. Der Engel nickt.

„Ich war wie du", erzählt er. „Nichts war mir fein genug. Ich habe nichts geben wollen, ohne vorher zu wissen, was ich denn zurückbekomme." Daniel senkt beschämt den Kopf. „Und dann?" „Und dann", fährt der Engel fort, „ist mir genau das passiert, was dir gerade widerfahren ist. Ein unschuldiges Wesen verlor durch mein Versagen sein Leben, bevor seine Zeit gekommen war. Aber ich hatte Glück, ich bekam noch einmal eine Gelegenheit zu lernen." „Du schlüpftest in den Körper dieses Hundes?", fragt Daniel gespannt. „Ja, das tat ich. Und ich fühlte mich wohl. Ich wäre gern in dieser Familie alt geworden. Denn ich erfuhr, welchen Lohn du bekommst, wenn du gibst, ohne zu fordern." „Und welchen?" „Du wirst geliebt", antwortet der Engel schlicht. „Ich möchte auch geliebt werden", sagt Daniel sehnsüchtig. Der Engel lächelt. „Es wird einen neuen Hund in dieser Familie geben." Daniel nickt entschlossen. „Ich bin einverstanden. Lass mich dieser Hund sein." „Aber er ist nicht adelig. Und er ist nicht so schön wie Ben", wendet der Engel ein. Daniel schluckt. „Das macht nichts. Ich möchte lernen. Ich möchte lieben. Und ich möchte geliebt werden." Der Engel schaut Daniel prüfend in die Augen. „Hast du dir das gut überlegt?" „Nein", sagt Daniel, „überlegt habe ich es mir nicht. Darüber muss ich nicht nachdenken. Lass mich bitte dieser neue Hund sein."

Nur einen Wimpernschlag später stehen beide in einer großen Zwingeranlage. Sie ist nicht sehr sauber, hungrige Welpen klettern über- und untereinander, balgen sich, zwicken sich und werden von den erwachsenen Hunden energisch zur Ordnung gerufen. Ein kleines schwarzes Hundekind steht etwas abseits. Es sieht klug aus und scheint die beiden Schutzengel direkt anzuschauen. „Das ist Franz", sagt der Engel. „Das bist du", fügt er mit einem Seitenblick auf Daniel hinzu. „Bist du immer noch entschlossen?" Daniel mustert den Zwinger, die schäbige Umgebung, den schmutzigen Welpen. Hier kommt er also her, der neue Hund. Nein, kein Schloss, kein Adel, keine leitende Position. Dafür eine Zukunft voller Liebe. Er nickt. „Ja, ich bin entschlossen." „Dann sei es, wie du es wünschst", sagt der Engel. „Du bist Franz."

Die Eiche

In einem Garten am Rand der großen Stadt steht die Eiche. Sie steht schon viele hundert Jahre dort, sie war schon da, als es das kleine Holzhaus neben ihr noch nicht gab. Sie war schon da, als der schöne Garten noch eine Wiese war. Viel hat sie schon gesehen, die alte Eiche. In jedem Jahr im Herbst schenkt sie den Hauswohnern ihre Früchte, die den Rasen um sie herum bedecken wie ein brauner Teppich. So ist es auch in diesem Jahr.

Die Tiere im Garten warten schon ungeduldig darauf, ihren Wintervorrat anlegen zu können. Hamster und Waldmäuse haben ihre unterirdischen Vorratskammern ausgefegt und Platz geschaffen für viele Eicheln. Die Eichelhäher haben sich unter dem Laub und im Gebüsch schon umgesehen und günstige Stellen für ihren Wintervorrat gesucht. Auch die Eichhörnchen sind nicht untätig gewesen und haben ihre Winternester vorbereitet.

Da braust der erste Herbststurm über das Land und die Eicheln prasseln vom Baum. Sie rollen über das Dach des kleinen Hauses, sie plumpsen ins Gras, sie kullern im Wind über- und untereinander. Eine besonders kleine Eichel ist dabei, die so leicht ist, dass sie immer wieder in die Luft gewirbelt wird. Sie juchzt und quietscht und spielt begeistert mit dem Wind. Dann ist der Sturm vorbei und die kleine Eichel fällt völlig außer Atem auf die anderen, die schon am Boden liegen. „War das schön", sagt sie und schaut sich erwartungsvoll um. Keine Antwort. „Hallo, Brüder und Schwestern, warum redet ihr nicht mit mir?", fragt die kleine Eichel verdutzt. Keine Antwort. Die kleine Eichel ist traurig. Sie schaut nach oben und kommt sofort auf andere Gedanken. Wie mächtig sieht die Eiche von hier unten aus! Riesige Äste strecken sich nach allen Seiten. Die Borke ist schon alt und von tiefen Rissen durchzogen. Und die Wurzeln erst! Die kleine Eichel kommt sich noch winziger vor angesichts der dicken Wurzeln um sie herum.

Trotzdem ist es der kleinen Eichel langweilig. Niemand redet mit ihr, der Wind schweigt auch und spielt nicht mit ihr. Sie kullert ein wenig hin und her, aber allein macht das auch keinen Spaß. Aber da naht schon wieder Abwechslung! Eine Waldmaus kommt aus ihrem Loch gekrabbelt und beginnt zu sammeln. Jede Eichel wird hochgehoben und begutachtet. Auch die kleine Eichel kommt an die Reihe. „Aua!", sagt sie vorwurfsvoll, als die Maus sie mit ihren spitzen Fingerchen anpackt und hochhebt. Die Maus erstarrt vor Schreck und läßt sie sofort fallen. „Aua!", sagt die kleine Eichel noch vorwurfsvoller. „Du kannst ja reden", stottert die Maus fassungslos. „Na und, du doch auch!", antwortet die kleine Eichel patzig. „Ja, aber ich bin eine Maus, du bist bloß eine Eichel", sagt die Maus. „Nun gib mal nicht so an, eine Maus ist schließlich auch nichts Besonderes." Die kleine Eichel ist beleidigt. Erst redet gar keiner mit ihr, und dann kommt so eine Maus und spielt sich auf. „Was ist denn nun, nimmst du mich nun mit oder nicht?" „Ich werde mich hüten", sagt die Maus, „eine sprechende Eichel - was soll ich denn damit? Ich habe zehn Kinder und einen Mann zu Hause, da ist genug Lärm." Und weg ist sie. „Schade", denkt die kleine Eichel, „hätte ich bloß den Mund gehalten. Bei Familie Maus wäre es bestimmt ganz lustig gewesen."

Als die anderen Tiere zum Sammeln kommen, schweigt sie still und wartet ab. Aber niemand nimmt sie mit, immer heißt es „zu klein", und sie landet im hohen Bogen wieder auf dem Rasen. Um die kleine Eichel herum wird es merklich leerer. Plötzlich kommt ein großes grünes Ding auf sie zu und fegt über den Rasen. Das große grüne Ding wird von dem männlichen Hausbewohner gehalten, der damit alle Eicheln zusammenkehrt. Die

Hausbewohnerin sammelt sie ein und verstaut sie in einem Korb. Wieder ist die kleine Eichel nicht dabei. Sie ist so klein, dass sie durch den Fächer der Harke rutscht. Nun ist sie ganz allein.

Einsam verbringt die kleine Eichel mehrere Tage und Nächte, niemand besucht sie, niemand kümmert sich um sie. Die Grashalme um sie herum wachsen höher und höher und bedecken sie völlig. Nun hat die kleine Eichel gar keine Hoffnung mehr, noch abgeholt zu werden und beginnt leise zu weinen. Plötzlich teilt sich über ihr das Gras und zwei neugierige Knopfaugen schauen auf sie herunter. „Warum heulst du denn?", hört die Eichel. Soll sie antworten oder nicht? Endlich kümmert sich jemand um sie! Sieht aus wie ein Eichhörnchen. Aber wenn sie redet, ist es bestimmt genauso erschrocken wie die Maus. „Na dann nicht!" Das Eichhörchen zuckt die Schultern und will gerade weiterhüpfen, als die kleine Eichel mit dem Mut der Verzweiflung zu sprechen beginnt. „Ich bin ganz allein!" „Dass du ganz allein bist, sehe ich auch", antwortet das Eichhörnchen missmutig. „Ich wollte meine Wintervorräte sammeln, aber ich bin wohl zu spät gekommen." „Nimm mich", drängt die kleine Eichel hoffnungsvoll.

Das Eichhörnchen schaut verdutzt mit schiefem Kopf auf sie nieder und beginnt zu lachen. „Ich werde mich hüten", lacht es, „eine sprechende Eichel kann man nicht essen. Weißt du denn gar nicht, wer du bist?" „Ich bin bloß eine zu kleine Eichel, die niemand will", sagt die kleine Eichel verzweifelt. „Nun hör aber einmal zu", sagt das Eichhörnchen und nimmt sie sanft zwischen seine Pfoten. „In dir schlummert die Seele des Baumes. Du bist etwas ganz Besonderes! Alle anderen Eicheln sind stumme und dumme Dinger. Aber einmal in zehn Jahren wird eine kleine Eichel wie du geboren, die in sich den Samen für einen neuen Baum trägt. Aber du brauchst Mut." „Wieso brauche ich Mut?", fragt die kleine Eichel neugierig. „Du wirst diesen Garten verlassen müssen", antwortet das Eichhörnchen. „In diesem Garten gibt es schon eine große Eiche, die dir keinen Raum zum Wachsen und Gedeihen geben kann. Ich kann dich auf eine Wiese bringen und in den Boden pflanzen. Aber du wirst allein sein, weil niemand von deiner Art in deiner Nähe sein wird." „Allein bin ich hier auch", sagt die kleine Eichel nachdenklich. „Aber lass mir trotzdem Zeit für die Entscheidung. Hier weiß ich, wo ich bin und was ich habe. Lass mir noch eine Nacht."

Am nächsten Tag ist das treue Eichhörnchen wieder da, auch die kleine Eichel hat sich entschieden. Sie wird eine Eiche werden, groß und mächtig wie die im Garten! Sie wird sich von ihrem Freund, dem Eichhörnchen, auf die Wiese bringen lassen. Dort gräbt das Eichhörnchen der kleinen Eichel ein weiches Bett. „Du wirst jetzt den Winter über schlafen", sagt es liebevoll, als es seinen Freund der Erde anvertraut, „und wenn du aufwachst, wirst du dich verändert haben." „Wie ein Schmetterling?", gähnt die kleine Eichel. „Ja, so ähnlich", lächelt das Eichhörnchen liebevoll und deckt die kleine Eichel mit Erde zu. So vergeht der Winter wie im Traum und im Frühling finden die Wildschweine und Rehe zu ihrem großen Erstaunen ein feines Zweiglein zwischen den Blüten und Grashalmen auf der Wiese. „Eine Eiche, schaut nur, eine Eiche!", singen die Vögel. Die kleine Eiche schüttelt ihre zartgrünen Blätter, streckt ihre zarten Ästchen und gähnt herzhaft. „Schön ist es hier", sagt sie fröhlich und schaut sich um. Und da kommt auch schon ihr Freund, das Eichhörnchen.

So vergehen die Jahre. Aus dem zarten jungen Trieb wird ein kräftiger Baum, der den Tieren im Sommer Schatten spendet und im Herbst Nahrung schenkt. Das Eichhörnchen bringt ihr seine Kinder, die in den Zweigen des kleinen Baumes spielen und toben. Die junge Eiche fühlt sich wohl und glücklich im Kreise ihrer vielen Freunde - bis eines Tages .... Ja, bis eines Tages das Eichhörnchen zu ihr kommt. Der junge Baum schaut seinen

Freund erschrocken an. Zum ersten Mal fällt ihm auf, wie alt das Eichhörnchen geworden ist. „Was ist mit dir? Bist du krank?", fragt die kleine Eiche bestürzt. „Es ist Zeit, Abschied zu nehmen", sagt das Eichhörnchen. „Gehst du fort?" Die Eiche versteht nicht, warum ihr Freund so ernst ist. „Aber du bist doch schon so oft fort gewesen. Komm, wir verabschieden uns jetzt, dann bist du auch bald wieder da." „Nein", antwortet das Eichhörnchen ruhig. „Ich werde dieses Mal nicht zurückkommen. Von dort, wo ich hingehe, kommt niemand zurück. Aber ich vertraue dir meine Nachkommen an. Sorge du für sie, wie ich für dich gesorgt habe, als du eine kleine Eichel warst." „Das hast du mir nicht gesagt", klagt die junge Eiche. Dicke Tränen rollen über ihre Blätter. „Du hast mir nicht gesagt, dass du mich eines Tages verlassen wirst." „Aber so ist doch der Lauf der Welt", antwortet das Eichhörnchen sanft. „Du bist ein Baum. Du wirst noch viele, viele Jahre hier stehen. Du wirst Generationen von Tieren aufwachsen und gehen sehen. Du wirst allein sein, aber nie einsam. Auch das gehört zu deiner Bestimmung." Die kleine Eiche versteht. Ein letztes Mal lässt sie das Eichhörnchen in ihrem Schatten ruhen, ein letztes Mal streichelt sie den Freund mit ihren Blättern. Dann ist sie allein.

Aber es kommt so, wie das kluge Eichhörnchen es vorhergesagt hat. Die Eiche bietet Schutz und Nahrung für viele Tiere, die Menschen bewundern ihre Schönheit. Sie finden Trost und Ruhe in ihrem Schatten, die Kinder tanzen und spielen um ihren mächtigen Stamm. Ihre Borke wird rauh im Laufe der Jahre, ihre Krone hat schon vielen Stürmen getrotzt. Stolz steht sie dort auf der Wiese. Sie ist allein, das ist richtig. Allein, aber nicht einsam.

Leon, der kleine Löwe

Leon stand am Fuße des Hügels und blinzelte nach oben, wo er sein Ziel wahrnahm, die Felsenkuppe der Löwenanlage des Zoos, wo der kleine Flusslauf, der neben ihm in einen See mündete, seinen Anfang nahm. Seine Mutter bemerkte seine Absicht und seufzte. „Leon", mahnte sie unglücklich, „spiel doch etwas anderes. Du wirst dich noch verletzen." Leon kicherte. „Du sagst doch immer, der liebe Gott passt auf alle Wesen dieser Erde auf, auch auf Löwenkinder." Er holte tief Luft. „Also – auf die Plätze, fertig, los!" Seine Mutter sah trübsinnig ihrem Sohn nach, der in einer Wolke aus Staub und fliegenden Steinchen hügelan preschte und murmelte: „Da hat er bei dir ganz schön viel zu tun, mein kleiner Wildfang." Mittlerweile war Leon auf der Spitze des Hügels angekommen, stellte sich in Positur und stieß etwas aus, das er für Löwengebrüll hielt, das aber aufgrund seines zarten Alters noch nicht sonderlich überzeugend klang. Dann schmiss er sich in den Flusslauf und paddelte bergab.

Prustend und schnaufend krabbelte er neben seiner Mama aus dem Flüsschen, bevor es in den See einmündete, und schüttelte sich ausgiebigst.

„Das war wieder so schön, das mache ich gleich nochmal", juchzte er und begab sich wieder in Startposition. Das leise „Leon, bitte" seiner Mama überhörte er und preschte los.

Ein in der Mitte seiner Rennstrecke plötzlich quer liegender Ast wurde ihm zum Verhängnis. Leon versuchte zwar, mit einem eleganten Sprung das Hindernis zu überwinden, verhedderte sich jedoch hoffnungslos, fiel samt Ast in den Flusslauf, rauschte zu Tale und landete mit einem dicken Platsch im See, wo er sich mühsam strampelnd zu befreien versuchte, während seine Mutter am Ende ihrer Nerven am Ufer auf und ab lief.

Auch die Pfleger waren schon aufmerksam geworden und kamen angerannt, um das Löwenbaby aus seiner schlimmen Lage zu befreien. Die Löwin begriff, dass ihrem Kind geholfen werden sollte, und verhielt sich – zumal sie die Pfleger, die sie immer mit Essen versorgten, kannte – friedlich. Also wurde der kleine Kerl, der schon eine Menge Wasser geschluckt hatte, vorsichtig ans Ufer gezogen. Dort stellte ein Pfleger besorgt einen schlimmen, heftig blutenden Riss an Leons linker Vordertatze fest. „Das muss genäht werden. Ich sage sofort der Tierärztin Bescheid", flüsterte er seinem Kollegen zu und stand auf, wobei er die Löwin nicht aus den Augen ließ.

Als die beiden Tierpfleger die Anlage verlassen hatten, begann Leon heftig zu weinen. „Was ist denn, mein Baby", tröstete seine Mutter, „tut es so weh?" „Nein", jammerte Leon, „aber es wird weh tun, das weiß ich. Das ist die Strafe, weil ich ungehorsam war. Hat der liebe Gott mich mit der Verletzung gestraft, Mama?" Seine Mutter lächelte. „Nein, Liebling. Er hat dir längst verziehen. Ich auch. Du bist doch ein Kind, du wolltest nichts Böses tun. Und noch eines musst du dir merken, mein Kind: Manchmal ist die Angst vor Schmerzen schlimmer als der Schmerz selbst." Leon sah sie mit großen Augen an. „Du hast Recht, Mama. Es geht mir schon viel besser."

Seine Mutter leckte ihm zärtlich über den Kopf. „Ich gehe jetzt in das Löwenhaus, Leon. Wenn die Ärztin dir hilft, will sie sicherlich nicht, dass ich dabei bin. Die Angst der Menschen vor uns Löwen ist zu groß. Aber sei sicher, dass ich ganz in deiner Nähe bin und meine Liebe über dich wacht." Sie drehte sich um und verschwand.

Als die Ärztin kam und den schlimmen Riss in der Babytatze tatsächlich mit mehreren Stichen nähen musste, ließ Leon alles tapfer über sich ergehen: den fremden Geruch des Desinfektionsmittels, das befremdliche Klappern der Tupfer und Zangen und schließlich die Betäubungsspritze. „Mamas Liebe wacht über mich", murmelte er noch, bevor er in die Betäubung versank. „Und der liebe Gott auch", setzte er noch hinzu. Dann schlief Leon.

Jahre später zeigte er seinen Kindern stolz seine Narbe an der linken Pranke und erzählte die Geschichte, wie er sich ganz allein behauptet hatte, obwohl er doch noch ein so kleines, kleines Baby war.

Die Traumkugeln

In dem Land jenseits aller Zeiten, in dem Land zwischen Wachen und Schlafen steht ein hoher silberner Baum. Zwischen den flüsternden, wispernden Silberblättern seiner Zweige drängen sich federleichte, leuchtende Kugeln in allen Größen und Farben. Bei Sonnenuntergang werden sie von den Elfen der Abenddämmerung geholt, die sie Nacht für Nacht zu den schlafenden Menschen tragen, um ihnen ihre Träume zu bringen. Mit dem ersten Atemzug eines jeden neugeborenen Kindes wächst seine Kugel, die sich im Laufe der Jahre mit seinen Wünschen und Träumen, mit seinen Ängsten und Erfahrungen füllt. Die Kugel der Kinderzeit ist noch klein, bunt und fröhlich, die der Erwachsenen groß und leuchtend, aber durchsetzt mit den dunklen Schatten enttäuschter Hoffnungen. Im Alter wird ihr Leuchten müde und verlöscht leise. Diese dunklen Kugeln verlassen das Land zwischen Wachen und Schlafen nicht mehr, denn der Mensch, dessen Träume sie bewahrt haben, ist gestorben. Sie treiben zwischen Zeit und Raum, bis ihre Erinnerung vergangen ist, und kehren dann erschöpft und leer an den silbernen Baum zurück, um ein Blatt an einem seiner vielen Zweige zu werden.

Wieder zog die Abenddämmerung ihre grauen Schleier über den Himmel, wieder begann für die Elfen eine neue Arbeitsnacht. Eine nach der anderen meldete sich bei der dienstältesten Elfe, die mit einer langen Liste in der Hand im Baumwipfel saß und einen Namen nach dem anderen abhakte. „Schlummerchen, in Ordnung, Träumerchen, in Ordnung, Abendsternchen, auch anwesend, Loni, in Ord..... Loni?" Suchend schaute sie über den Rand ihrer Brille und musterte die Elfenversammlung, die sie aufgeregt umflatterte und ihre Kugeln abholte. „Hier, Chefin, hier bin ich!" Eine kleine zarte Elfe löste sich aus dem Reigen der Schwestern und kam mit erhobenen Armen auf sie zugeflogen, in Erwartung ihrer Traumkugel. „Loni, ich muss dir eine traurige Mitteilung machen. Die Traumkugel der alten Frau Müller ist heute verloschen." „Oh", sagte Loni betroffen. „Das tut mir Leid. Es war ja schon seit langem damit zu rechnen, die Träume wurden immer müder, das Licht immer schwächer." „Ich weiß auch, wie du dich immer quälen musstest, Kind", sagte die Chefin mitfühlend. „Die alten Traumkugeln fliegen nicht mehr so leicht und unbeschwert wie die jungen. Ich habe schon lange mit Sorge beobachtet, wie schwer du schleppen musstest. Gerade eben aber ist eine neue Kugel gewachsen, die du übernehmen kannst." Und sie deutete auf eine noch sehr kleine Kugel, die durch die silbernen Blätter blitzte. „Seht doch nur, wie schön sie ist", rief Loni begeistert, eilte zu ihrer Kugel und warf sie hoch hinauf in den blauen Abendhimmel. Dort blieb sie für einen

Augenblick stehen und begann dann, sich zu drehen und zu tanzen, während bunte Träume in ihrem Inneren aufleuchteten und sie mit einem solch goldenen Schein umhüllten, dass die Sterne dagegen verblassten.

Staunend sahen die Elfen der Abenddämmerung diesem selbstvergessenen Tanz zu, wobei so mancher missgünstige Blick die eigene Kugel streifte, die an Glanz und Farbenpracht nicht mithalten konnte. „Diese Kugel muß zu einem besonders phantasievollen Kind gehören", sagte Träumerchen, die sich gerade abmühte, ihre widerspenstige, verschlafene Kugel aus den silbernen Blättern zu kramen. „Lass doch mal sehen", forderte Abendsternchen. Loni fing ihre tanzende Traumkugel vorsichtig ein, beugte sich über sie und flüsterte einen Zauberspruch. Langsam erschien das Gesicht eines neugeborenen Kindes in der Kugel, erst schemenhaft, dann immer deutlicher.

„Wie heißt das Kind?", fragte Loni. Die Chefin sah in ihrer Liste nach. „Hanna. Sie heißt Hanna." „Na ja, der Name ist nicht sonderlich phantasievoll", murmelte Schlummerchen. In diesem Moment öffnete das Baby die Augen und musterte die Elfen, die entsetzt zurückprallten. „Kann sie uns sehen?", fragte Loni, die die Kugel fast hätte fallen lassen. „Nein, natürlich nicht", beruhigte die Chefin. „Schau nur, sie hat die Augen schon wieder geschlossen." Das Babygesicht verschwand und die Kugel füllte sich wieder mit bunten Kinderträumen. „Und nun hopp hopp, meine Kleinen, an die Arbeit." Gehorsam machten sich die Elfen der Abenddämmerung auf den Weg in die Menschenwelt. In einem breiten leuchtenden Band zogen sie über den Abendhimmel, brachten den schlafenden Menschen ihre Träume und kehrten mit den ersten Sonnenstrahlen müde in das Land zwischen Wachen und Schlafen zurück, die leeren Traumkugeln in den Händen, die sich im Laufe eines jeden Tages wieder füllten, mit neuen Träumen, neuen Hoffnungen, neuen Erfahrungen.

Loni liebte ihre Kugel. Sie liebte es, dem farbigen Spiel von Hannas Träumen zuzusehen, während sie Nacht für Nacht, Jahr um Jahr in die Menschenwelt flog. Sie liebte es so sehr, dass sie manchmal Mühe hatte, im allnächtlichen Flug der Schwestern nicht zurückzubleiben, so vertieft war sie in die wunderbaren Träume ihrer Kugel. In einer besonders kalten Winternacht schaffte sie den Anschluss nicht mehr. Sie war so langsam geflogen, dass sich an ihren zarten Flügeln kleine Eiszapfen gebildet hatten. „Schwestern, wartet!", rief sie verzweifelt. Aber die Schwestern hörten sie nicht mehr. Mit erstarrenden Flügeln klammerte sich Loni an ihre Kugel, schneller und schneller stürzte sie im dichten Schneetreiben der Erde zu und landete in einer Schneewehe. „Ach du meine Güte", sagte sie verwirrt, als sie sich den Schnee aus den Augen gerieben und sich umgesehen hatte, „wo bin ich hier denn bloß gelandet?" So weit sie sehen konnte, nichts als Wald, Schnee und Einsamkeit. Besorgt untersuchte sie ihre Traumkugel. „Na, wenigstens ist sie nicht kaputt. Aber die Träume, wie sehen die Träume aus?" Entsetzt musste sie feststellen, dass all die wunderschönen bunten Träume in der Kugel zu Eis gefroren waren. Loni weinte bitterlich, umklammerte die Kugel und versuchte, sie mit ihrem kleinen Körper zu wärmen. Schließlich schlief sie erschöpft ein, schlief den kalten weißen Schlaf, den Kinder der Traumwelt im Winter schlafen, schlief traumlos mit den gefrorenen Träumen ihrer Kugel in den Händen.

Nicht weit entfernt lag Hanna Nacht für Nacht in ihrem Bett, starrte an die Decke und wartete auf Träume, die nicht kamen. Besorgt sahen die Eltern mit an, wie die großen Augen ihrer Tochter müde und glanzlos wurden, wie das lebhafte Kind die Lust am Spielen und am Lesen verlor, wie das kleine Plappermäulchen, das unaufhörlich neue Geschichten erzählt hatte, verstummte. „Mama, ich träume nicht mehr", weinte sie verzweifelt, wenn die Mutter abends an ihr Bett kam, um sie noch einmal zuzudecken und ihr einen Gute-Nacht-Kuss zu geben. „Schlaf, Kleines, schlaf", sagte die Mutter hilflos und drückte das Kind an sich. Stumm drehte sich Hanna zur Wand.

Mit dem Frühjahr kam die Schneeschmelze, mit der Schneeschmelze erwachte Loni eines Abends aus ihrer Winterstarre. Verschlafen setzte sie sich auf, streckte die steifen Glieder und schüttelte die zarten Flügel. Erleichtert stellte sie fest, dass auch die Träume in ihrer Kugel wieder aufgetaut waren und langsam ihre Schönheit und Farbenpracht wiedergewannen. In der Ferne zogen als leuchtendes Band ihre Schwestern über den Abendhimmel. „Los geht's", sagte Loni entschlossen, packte ihre Kugel und flatterte heftig mit den Flügeln. Aber so sehr sie sich auch bemühte, ihre Füßchen blieben am Boden wie festgeklebt. „Was treibst du da, du Libelle?", fragte plötzlich eine tiefe Stimme hinter ihr. Loni zuckte zusammen. „Ich bin keine Libelle, ich bin eine Elfe der Abenddämmerung", antwortete sie und drehte sich vorsichtig um. Vor ihr stand mit leuchtenden Augen ein schwarzer Kater und beobachtete sie interessiert. „Nun", sagte er amüsiert, „was treibst du da, du Elfe?" „Da oben, ich muss da oben hin", sagte Loni. Der Kater legte den Kopf in den Nacken und schaute in den Himmel. „Sind das alles deine Schwestern?" „Kannst du sie sehen?", fragte Loni erstaunt. „Natürlich", belehrte sie der Kater. „Wir Felidae haben gute Augen." „Wieso Felidae? Du bist doch ein Kater", sagte Loni verwirrt.

Der Kater lachte: „Freunde, hier ist eine Elfe, die nicht weiß, was Felidae bedeutet!" „Na und, das ist doch keine Schande!" Aus der Dämmerung tauchten ein wunderschöner brauner Hengst und eine schwarz-bunte Kuh auf. „Ich bin Klaus", sagte der Hengst und verbeugte sich tief vor Loni. „Ich bin Mathilde", sagte die Kuh und musterte Loni eifersüchtig. „Und das ist Einstein", ergänzte sie und deutete mit ihrer weichen Schnute auf den Kater. „Der redet immer so verquer." „Schweig still, Paarzeher aus der Familie der Boviden", stänkerte Einstein. „Willst du mich beleidigen?", fragte Mathilde empört. „Will er nicht", flüsterte Klaus. „Du weißt doch, dass er bis vor kurzem noch Brehm hieß. Während dieser Zeit hat er es sich angewöhnt, uns alle mit unseren lateinischen Bezeichnungen anzusprechen. Zu mir sagt er Equus." „Was?" „Equus. Das ist der lateinische Name für Pferd. Erinnerst du dich an die Monate vorher, als er Rembrandt hieß? Da hat er überall seine Pfotenabdrücke hinterlassen und zu Kunstwerken erklärt. Ich zittere vor dem Tag, an dem er Dschingis Khan heißen könnte." „Wieso soll er wie ein Boot heißen? Katzen sind doch wasserscheu." „Nicht K-a-h-n, sondern K-h-a-n", buchstabierte Klaus. „Was macht das für einen Unterschied? Boot ist Boot", beharrte Mathilde uneinsichtig. Klaus seufzte: „Na ja, im Moment heißt er jedenfalls Einstein und hat's mit der Relativitätstheorie."

„Und mit der Gravitation, und darüber könnt ihr froh sein. Ich weiß nämlich, warum unsere Elfe nicht vom Boden wegkommt", plusterte sich Einstein auf. „Und warum nicht?", fragte Loni unglücklich. „Wegen der Schwerkraft. Sie hält dich am Boden. Allein würdest du es schaffen, aber nicht mit der Kugel. Lass sie doch einfach hier." Der Kater musterte die bunte Kugel begehrlich. Loni drückte ihre Kugel an sich. „Nichts da", sagte sie energisch. „Entweder mit Kugel oder gar nicht. Ich befürchte sowieso das Schlimmste für Hanna. Kein Mensch hält es lange ohne Träume aus." Sie beugte sich über ihre Kugel, flüsterte den Zauberspruch und sah betroffen, wie ein blasses Kindergesicht sich abzeichnete, das sie mit müden Augen ansah. „Wer ist das?", fragte Klaus verdutzt. „Das ist Hanna. Ihr und ihren Träumen gehört diese Kugel", sagte Loni verzweifelt. „Jetzt ist sie krank, und alles ist meine Schuld."

Die Tiere sahen sich betroffen an. „Jetzt könntest du endlich einmal beweisen, dass du wirklich so ein Genie bist, wie du immer zu sein behauptest." Mathilde nahm Einstein den Paarzeher immer noch übel. „Erstens bin ich eins und zweitens habe ich schon eine Idee", antwortete der Kater überheblich. „Wir müssen die Gravitation unter Zuhilfenahme einer horizontalen und einer vertikalen Komponente insofern relativieren, als dass du, liebe Kuh, als Gegenpol zum Starter Equus, also dem neben dir stehenden Einhufer, fungierst, um einen störungsfreien lift-off zu gewährleisten. Hast du das verstanden?" Mathilde sah den Kater andächtig an, sagte „Ja" und schüttelte den Kopf. „Einstein meint, dass wir eine Wippe bauen sollen. Auf der unteren Seite hältst du die Kugel fest, damit sie nicht herunterkullert. Wenn ich fest auf die andere, die hochstehende Seite trete, wird sie in die Luft geschleudert. Dort kann die Elfe sie auffangen", erklärte Klaus geduldig. Die Kuh strahlte. „Das habe ich verstanden. Aber was machen wir, wenn der Schwung nicht reicht?" „Das stimmt", sagte Einstein, runzelte die Stirn und überlegte. Auch Kuh und Pferd versanken in tiefes Nachdenken. „Ich hab's!", freute sich Mathilde plötzlich. Kater und Pferd sahen sie skeptisch an. Ein Gedankenblitz von ihrer Freundin? „Wir pusten", erklärte die Kuh, „wenn die Kugel in der Luft ist, müssen wir eben pusten, damit sie nicht wieder herunterfällt. Und wenn wir genug pusten, ist die Gravi.., die Gravizi..., die Gravizo..." „Die Schwerkraft", half Klaus aus. „Ist die Schwerkraft entkräftet", endete Mathilde erleichtert und himmelte ihren Freund dankbar an.

Loni, die schweigend zugehört hatte, lächelte: „So könnte es klappen. Aber wir müssen bis morgen zur Abenddämmerung warten, wenn meine Schwestern hier vorbeiziehen." „Dann verbringen wir den Tag damit, eine anständige Wippe zu bauen", beschloss Einstein. „Sag mal Elfe, wie heißt du überhaupt?" „Loni, ich heiße Loni." „Loni wie Lonicera aus der Spezies der Caprifoliaceae, ihres Zeichens Nachtblüher?", fragte Einstein interessiert. „Ich schlage ihn noch einmal", murmelte Klaus. „Warum sagt er nicht einfach Heckenkirsche aus der Familie der Geißblattgewächse?" „Was?" Mathilde hatte wieder nichts verstanden. „Die blühen nachts. Einstein hieß auch einmal Theophrast und interessierte sich für Botanik", sagte Klaus entnervt. „Aber das stimmt doch", sagte Loni ernsthaft. „Wir Elfen der Abenddämmerung haben alle Namen, die in irgendeiner Form mit der Nacht zu tun haben. Ich gehöre zu den Elfen, die einen Blumennamen bekommen haben. Aber eben nur von einer Blume, die nachts blüht. „Jetzt schnappt er über", knirschte Klaus mit einem Seitenblick auf den selbstgefällig grinsenden Einstein. „Legt euch endlich schlafen, der morgige Tag wird anstrengend."

Am nächsten Tag suchten die drei Tiere und Loni einen stabilen Stamm, den sie, so gut es ging, auf der Wiese gerade ausrichteten. Klaus hatte vom Holzstapel des Bauern ein Brett geklaut, das die von Einstein geforderte vertikale Komponente bilden sollte. In der Abenddämmerung bezog Mathilde ihren Platz auf der einen Seite der Wippe, Klaus den seinen auf der anderen Seite, Einstein erklomm seinen Kommandobaum und Loni flatterte aufgeregt auf ihre Position über der Wippe, nachdem sie ihre Traumkugel vor Mathildes breitem weichen Maul abgelegt hatte. Einstein fixierte angestrengt den Himmel. Als die ersten Elfen zu sehen waren, brüllte er: „Countdown läuft!" Klaus hob den Huf, Mathilde stützte die wackelnde Kugel und Loni breitete die Arme aus. Einstein begann zu zählen: „Zehn, neun, acht, sieben, sechs, fünf, vier, drei, zwei, eins – Start!" Klaus trat seine Seite der Wippe fest herunter, die andere Seite flog in die Höhe, Mathilde bekam einen Kinnhaken, weil sie zu spät den Kopf zurückgezogen hatte – und die Kugel.... Die Kugel startete in einer geraden Linie nach oben, wo Loni mit ausgebreiteten Armen und heftig flatternden Flügeln wartete. „Pusten!", rief Einstein von seinem Kommandobaum. „Die Kugel stürzt ab!"

Tatsächlich, die Kugel war mittlerweile so voller Träume, dass ihr Gewicht sie wieder zu Boden zu ziehen drohte. Klaus und Mathilde pusteten, was das Zeug hielt. Zögernd erhob sich die Kugel wieder in die Luft, wo eine entschlossene Loni im Sturzflug angesaust kam und sie schnappte. Mit zusammengebissenen Zähnen kämpfte sie sich mit der schweren Kugel in den Armen immer weiter nach oben, bis sie endlich ihre Schwestern erreicht hatte und von ihnen mitgezogen werden konnte. Von fern hörten die Tiere, die gespannt Lonis Kampf gegen die Schwerkraft beobachtet hatten, ein verwehtes „Danke, ich werde euch nie vergessen!". Dann verschwand das leuchtende Band des Elfenfluges am Nachthimmel. „Geschafft", japste Klaus. „Das war was", keuchte Mathilde. „Alles ist relativ", grinste Einstein. „Ich schlage ihn noch einmal", murmelte Klaus. „Was?", fragte Mathilde.

Loni flog, so schnell sie konnte. Dort war das Fenster, hinter dem Hanna, die Besitzerin der Traumkugel schlief. Nein, wo sie schlafen sollte. Denn Hanna lag nicht im Bett, sie stand am Fenster und sah hinaus in die dunkle Nacht, blass, müde, traumlos, krank. Plötzlich jedoch hob sie aufmerksam den Kopf, sah Loni an und öffnete das Fenster. „Endlich bist du gekommen", seufzte sie erleichtert. „Warum siehst du mich?", fragte Loni verwirrt. „Menschen können uns nicht erkennen, sie halten uns für Nachtwind oder Glühwürmchen oder Luftspiegelungen. Warum du nicht?" „Ich habe dich immer gesehen. Und jetzt habe ich jede Nacht auf dich gewartet", sagte Hanna. „Bring mir meine Träume. Bring mir endlich meine Träume zurück." „Leg dich ins Bett, Kind", sagte Loni sanft. Zufrieden seufzend legte sich Hanna in ihr Bett, kuschelte sich in die Decken und schloss die Augen. „Schlafen, träumen, endlich träumen", murmelte sie. Die Kugel schwebte über dem Bett und erfüllte das Zimmer mit ihrem sanften Leuchten, während Hanna sich gesund träumte.

Felix

Ich bin Felix. Felix heißt „der Glückliche". Glück brauchst du, wenn du eine Katze auf einem Bauernhof bist. Eine Katze mit einer völlig überforderten Mutter, die viel zu früh viel zu viel Nachwuchs in die Welt gesetzt hat. An meine ersten Lebenstage habe ich wenig Erinnerungen, weil wir Katzen blind, taub und völlig hilflos geboren werden. Die ersten acht Tage meines Lebens verbrachte ich damit, zwischen schubsenden Fellbündeln, die sich als meine Geschwister herausstellten, die mütterliche Nahrungsquelle zu suchen. Am neunten Tag kam dann der große Moment: Ich öffnete die Augen. Tatatataaaa! Die Ernüchterung kam schnell. Ich lag in einem Heubettchen von zweifelhafter Sauberkeit. Um mich herum lagerten fünf Geschwister, die sich genauso verdattert umschauten wie ich.

„Sag mal, ist das unsere Mama?", maunzte ein winziges Schwesterlein, das sich zitternd an mich drängelte. Ich folgte ihrem Blick. In einiger Entfernung lag eine wunderschöne Katze ausgestreckt auf den Holzdielen und genoss die warmen Sonnenstrahlen, die durch das kaputte Dach auf den Heuboden fielen. „Mama?", fragte ich unsicher. „Lass mich schlafen, Kleiner", schnurrte sie, „ich habe euch gerade gefüttert." „Mama, ich habe nicht gedacht, dass du so schön bist", sagte ich, „wie weich dein Fell sich anfühlt, wusste ich schon. Aber jetzt weiß ich auch, dass es sehr schön aussieht." Die Katze räkelte sich selbstbewusst. „Findest du?", maunzte sie träge und rollte sich geschmeidig auf die andere Seite. Plötzlich erstarrte sie, sprang auf und war im nächsten Moment bei uns. „Wenn du mich siehst, dann bedeutet das...", sagte sie atemlos. „... dass wir alle die Augen offen haben. Schon lange, ich jedenfalls", ergänzte mein Bruder. Er blieb übrigens auch später ein Aufschneider, aber das wusste ich damals natürlich noch nicht.

Von diesem Tag an änderte sich unser Leben grundlegend. Es gab so viel zu tun und zu entdecken, der Heuboden erschien meinen Geschwistern und mir wie ein riesiger Kontinent, der erforscht werden musste. Zwischen unseren Entdeckungsreisen kamen wir immer wieder dankbar zur mütterlichen Milchquelle zurück und stärkten uns für weitere Taten. Aber dieses schöne Leben hatte bald ein Ende. „Ich habe mich lange genug um euch gekümmert und euch ernährt", sagte unsere Mama eines Tages, als wir sechs Kinder wieder hungrig angetrabt kamen. „Ihr seid jetzt sechs Wochen alt, alt genug, um selbst für eure Ernährung zu sorgen." Betreten sahen wir uns an. „Aber Mama", fragte meine kleine Schwester schüchtern, „wie sollen wir das denn tun?" „Ich habe mir schon einige Menschenfamilien angeschaut, die mir besonders geeignet erscheinen, Katzen aufzunehmen", sagte meine Mama.

„Morgen heißt es Abschied nehmen." Wir weinten und jammerten und drängelten uns an sie, aber sie blieb unerbittlich. „Das müsst ihr verstehen, meine Kleinen", sagte sie liebevoll. „Ich kann euch alle nicht mehr ernähren. Glaubt nicht, dass es mir leicht fällt, euch herzugeben." Sie schwieg und musterte traurig den schmutzigen Heuboden, der bis jetzt unsere Heimat gewesen war.

Am nächsten Tag brachte sie uns zu der ersten Familie, die sie für uns ausgesucht hatte. „Felix, mein Ältester", wandte sie sich an mich, „dies ist deine Familie. Ich habe sie für dich ausgewählt, weil du ein tapferer kleiner Kerl bist." Mir schwoll sowohl die Brust als auch das Herz, mein Bruder schaute neidvoll. „In dieser Familie gibt es nämlich einen Hund", ergänzte meine Mama lächelnd. Ich schwoll wieder ab. Ein Hund! Mama deutete meine schreckgeweiteten Augen richtig. „Alles halb so schlimm, nicht zu vergleichen mit dem Hund auf dem Bauernhof", beruhigte sie mich. „Aber Mama...", flüsterte ich. „Psssst", sagte Mama, faltete sich dekorativ zusammen und richtete die strahlenden Augen auf das Küchenfenster über unseren Köpfen. Die Geschwister taten es ihr nach. Nur ich hatte mich noch nicht mit der Aussicht auf einen Hund abgefunden, stand unschlüssig neben der Blumenschale und versuchte möglichst unbeteiligt zu wirken.

Aber Mamas Aufmerksamkeit entging nichts. „Felix", zischte sie, „wirst du wohl!" Gehorsam hüpfte ich zwischen die Blumen in der Schale, kringelte meinen schwarzen Schwanz so, dass die weiße Spitze, auf die ich sehr stolz war, nach oben zeigte und lächelte artig dem sich öffnenden Fenster entgegen. „Grins nicht so blöd", muffelte mein Bruder. Ich strahlte unverdrossen weiter und sah aus den Augenwinkeln mit Genugtuung, dass Mama meinen Bruder mit einem Nasenstüber zurechtwies und „Der erste Eindruck ist alles, halt gefälligst den Schnabel!" flüsterte.

Aus dem mittlerweile geöffneten Fenster beugte sich eine weibliche Gestalt und musterte erstaunt unsere aufmarschierte Familie. „Kinder, kommt doch mal! Hier ist die Katze, die wir immer gefüttert haben. Sie hat Babys bekommen, deshalb war ihr Bäuchlein so rund." Zwei Sekunden später knallte die Haustür auf und zwei kleine Lockenköpfe purzelten nach draußen. „Sind die süüüüüß!", jubelte das Mädchen und kramte mich aus der Schale. „Mutti, den behalten wir!" „Gib mir auch mal", quengelte ihr kleiner Bruder und zerrte sowohl an ihrem Pullover als auch leider an meinem Schwanz. Ich quietschte und strampelte und wurde von der Mutter der beiden erlöst, die mich vorsichtig aus den ungeschickten kleinen Händen befreite und an sich drückte. „Bist du ein hübscher kleiner Kerl", sagte sie liebevoll. Dann seufzte sie, schüttelte den Kopf und setzte mich energisch wieder ab. „Kinder, das geht nicht. Tobby wird keine Katze neben sich dulden", hörte ich noch. Dann war das Fenster wieder zu.

Hilflos sah ich meine Mutter an. „Ich habe mir solche Mühe gegeben, Mama", beschwerte ich mich mit zitternder Stimme. „Macht nichts, Felix, es klappt eben nicht immer sofort. Du musst jetzt einfach jeden Tag hierher kommen und es erneut versuchen", tröstete sie mich. Fürs erste klapperten wir jedoch die anderen Familien ab. Die kleinste Schwester kam sofort bei einer alten Dame unter, zwei Brüder in Familien, die mittlere Schwester bei einer alleinstehenden Dame. Nur mein Bruder Naseweis und ich blieben übrig und trotteten mit hängenden Köpfen hinter unserer Mama zurück zum Bauernhof.

Tagelang lief ich zu der Frau mit der netten Stimme und den liebevollen Händen zurück und maunzte unter dem Küchenfenster. Dann dekorierte ich mich wieder in der Blumenschale und strahlte das Fenster an. Steter Tropfen höhlt den Stein, sagte meine Mama immer. So war es auch hier. Erst wurde ich gefüttert, dann machte ich die Bekanntschaft des Hundes, dann durfte ich ins Haus – und schließlich gehörte ich zur Familie.

Ich liebe meine Familie. Und mit dem Hund verstehe ich mich auch prächtig. Soll mal einer kommen und ihm was wollen! Der lernt aber meine Krallen kennen! Ich bin Felix. Felix, der Glückliche.

Fridolin, der Wolkenwanderer

Fridolin klammerte mit seinen sechs kurzen Beinchen an einem langen Grashalm, ließ sich von dem sanften Sommerwind wiegen und träumte in den Himmel. Plötzlich kam ihm eine Idee, die er genauso plötzlich seiner neben ihm schaukelnden Mama mitteilen musste: „Mama, ich möchte so gern einmal auf den Wolken spazieren gehen." Seine Mutter sah ihn verdutzt an. „Fridolin, dir ist aber schon klar, dass du ein Marienkäfer bist? Wolkenwanderungen gehören nicht zu unseren natürlichen Beschäftigungen." „Nein, weiß ich", maulte Fridolin, „aber den ganzen Tag Blattläuse oder Schildläuse fangen ist nicht gerade spannend." „Nun, deshalb sind wir ja auch Nützlinge", lächelte seine Mutter, „weil wir die Schädlinge vermindern. Außerdem, mein Sohn, ist dein Wunsch nicht vernünftig." Fridolin versank in tiefes Nachdenken und schaukelte noch heftiger. Dann platzte er doch heraus: „Was bedeutet vernünftig, Mama?" Seine Mutter krabbelte näher und erklärte ernsthaft: „Vernünftig ist alles, was dir gut tut, mein Kind, dir oder anderen. Das Gegenteil ist unvernünftig. Mit Unvernunft schadest du dir oder anderen." Aha. Das begriff Fridolin zwar, aber warum sollte eine Wolkenwanderung schaden – ihm oder anderen? Eine vorsichtige Nachfrage bei der offensichtlich allwissenden Mama brachte die nötige, wenn auch unbefriedigende Aufklärung. „Wolken sind nicht die feste Masse, als die sie von hier unten erscheinen", sagte sie mit Blick auf die sich hoch über dem Gletscher auftürmenden Wolken, an dessen Fuß ihre Bergwiese lag. „Sie bestehen nur aus Luft und Wasser und können noch nicht einmal so ein Leichtgewicht wie dich tragen. Außerdem scheinen sie auch nur so nah zu sein. Sie sind jedoch weit, weit weg. Dort oben in den Wolken ist es sehr kalt, du würdest erfrieren, mein kleines Sommerkind."

Am nächsten Tag rastete eine Wandergruppe auf der Wiese. Fridolin hörte aufmerksam ihren Gesprächen zu. Sie wollten den Gletscher erwandern! Von dort aus sollte es doch möglich sein, auf die Wolken zu fliegen, schließlich hatte er zwei Flügel, klein, aber tragfähig. Ernsthaft wandte er sich an seine Mutter: „Mama, du musst mich mit diesen Menschen gehen lassen. Ich verspreche dir, heil und unversehrt zurückzukehren, ich werde sehr vernünftig sein. Aber ich möchte es wenigstens versuchen." Seine Mutter seufzte: „Immerhin hast du dich nicht heimlich weggeschlichen, das beweist mir, dass du ein vernünftiger junger Käfer bist. So geh denn und lebe deinen Traum, mein Segen und meine guten Wünsche begleiten dich."

Fridolin verabschiedete sich zärtlich von seiner Mutter, schwang sich in die Luft und flatterte zielstrebig auf den Rucksack eines Wanderers zu, den dieser schon wieder geschultert hatte. Die Gruppe war gerade aufgebrochen, um ihre Gletscherwanderung fortzusetzen. Fridolin erreichte heftig flatternd den Rucksack und verkroch sich in einer Falte. Dort saß er warm und geborgen und erwartete mit klopfendem Herzchen das große Abenteuer, das vor ihm lag: seine Wolkenwanderung.

Die Gruppe schritt zügig voran, die nächste Rast wurde erst eingelegt, als sie sich schon auf halber Höhe des Gletschers befanden. Eine gemütliche Gaststätte lud zum Verweilen bei einem kräftigen Imbiss ein. Wieder hörte Fridolin neugierig den Gesprächen zu. Der Wirt stellte der Gruppe seinen Hund vor, dessen beeindruckende Größe allgemeines Staunen hervorrief. „Er heißt Barry", erzählte der Wirt, „für meine Arbeit bei der Bergwacht ist ein Bernhardiner wie er der beste Gefährte. Man stelle sich nur vor: er kann bis zu sechs Meter im Schnee vergrabene Menschen noch wittern! Barry hat schon vielen Menschen das Leben gerettet, die von Lawinen verschüttet wurden." Der Mann, an dessen Rucksack es sich Fridolin gemütlich gemacht hatte, rutschte unbehaglich hin und her. „Ist denn auch jetzt noch mit Lawinen zu rechnen?" „Nicht, wenn ihr die vorgezeichneten Wege nicht verlasst", antwortete der Wirt ernst. „Leider kommt es jedoch immer wieder vor, dass unvernünftige Wanderer oder Skiläufer die Absperrungen, die mit gutem Grund angebracht werden, einfach nicht beachten und dadurch eine Lawine auslösen, die viel Leid und Elend über andere bringen kann." Fridolin horchte auf. Da war es wieder, dieses Wort – unvernünftig. Das musste er gleich mal mit dem Hund besprechen.

Er löste sich aus seiner Rucksackfalte und flatterte eifrig zu dem Bernhardiner, der ihm verdutzt entgegensah. „Ein Marienkäfer? Was tust du hier?" Hastig schilderte Fridolin seinen Wunsch nach einer Wolkenwanderung, was bei dem Hund nur verständnisloses Kopfschütteln und die Bemerkung „Auf Luft und Wasser kannst auch du nicht laufen, du

Leichtgewicht" auslöste. „Aber ich möchte wenigstens so dicht wie möglich an die Wolken heran", beharrte Fridolin mit zitternder Stimme. Barry wiegte nachdenklich den mächtigen Kopf: „Es ist dir wirklich ernst damit, nicht wahr? So ein richtiger Herzenswunsch." Fridolin nickte heftig. „Dann versuch's", brummte Barry, „aber sei vorsichtig und vernünftig." Beides versprach Fridolin gern und verabschiedete sich hastig, denn die Gruppe rüstete zum Aufbruch.

Geborgen in seiner Rucksackfalte, staunte Fridolin die herrliche Berglandschaft um sich herum an. Er staunte und schaute, bis dichter Nebel den Blick versperrte. Die Wanderer lachten: „Die Wolken hängen tief heute." Wolken? Fridolin krabbelte emsig aus seiner Falte und paddelte verzweifelt mit seinen Beinchen in die weiße, dichte Luft. Dann fasste er sich ein Herz, setzte seine Flügel ein, schwirrte und schwirrte, suchte Festigkeit in wabernder Weiße, fror – und stürzte schließlich ab. Verzweifelt und allein saß er auf dem Wanderweg und weinte, bis ihn eine Stimme aufschrecken ließ: „Mmmh, lecker, Mittagessen." Ein hübscher Vogel mit orangefarbener Brust und schwarzem Kopf und Rücken musterte ihn interessiert mit schräg geneigtem Köpfchen. Fridolin staunte ihn an: „Du bist schön, du bist sehr schön. Was für ein Vogel bist du?" „Ein Bergfink", antwortete der Vogel, „ein hungriger Bergfink." Langsam hopste er näher und musterte den kleinen Marienkäfer begehrlich. „Es wäre unvernünftig, mich zu essen", sagte Fridolin hastig. Der Vogel stutzte. „Unvernünftig? Warum?" „Nun, zum ersten, weil mein Panzer dir ziemlich hart im Magen liegen würde", erläuterte Fridolin, „zum zweiten kann ich durch eine kleine Öffnung am Beingelenk eine giftige Flüssigkeit austreten lassen, wenn ich in Gefahr bin – und das bin ich ja wohl – und zum dritten wartet meine Mama auf mich. Ich habe ihr versprochen, unversehrt zurückzukehren. Also bitte, sei vernünftig, lass mich leben." Der Bergfink beschloss, dass sein Hunger nicht groß genug war, um den netten kleinen Kerl zu vertilgen und ließ sich stattdessen die Geschichte der verunglückten Wolkenwanderung erzählen.

„Dir muss geholfen werden", beschloss er dann. „Ich werde dich jetzt in meinem Schnabel zu deiner Wiese bringen." Fridolin erstarrte. „Keine Angst", beruhigte ihn der Bergfink, „du kannst unter meine Zunge kriechen und dich an ihr festhalten. Dort sitzt du sicherer als in meinem Gefieder." Er sperrte den Schnabel auf und rollte die Zunge zurück. Mit dem Mut der Verzweiflung wollte Fridolin gerade hineinkriechen, als ein ohrenbetäubendes Brausen die Luft erfüllte. „Eine Lawine", schrie der Vogel, „nun aber schnell." Fridolin sah noch eine mächtige weiße Wand heranrollen, fühlte sich aufgepickt, klammerte sich im Stockdunkeln irgendwo, vermutlich an der Vogelzunge, fest und fühlte, wie er in die Luft gerissen wurde.

Nach einer Zeit, die ihm wie eine Ewigkeit vorkam, öffnete der Vogel den Schnabel wieder und Fridolin krabbelte betäubt hinaus. „Das war sehr knapp", keuchte der Bergfink. Fridolin hatte jedoch gerade einen alten Bekannten entdeckt. „Barry", jubelte er. „Barry, wie schön, dich zu sehen, nun wird alles gut." Barry war sehr erschöpft. „Deine Wandergruppe ist von der Lawine mitgerissen worden, Fridolin", sagte er ernst und schüttelte den Kopf. „Diese Menschen, diese unvernünftigen Menschen." Fridolin erschrak zutiefst. „Aber Barry, du hast sie doch bestimmt gerettet." Barry nickte. „Ja, ich habe sie gefunden, alle sieben. Sie mussten mit Knochenbrüchen und Prellungen ins Krankenhaus, sind aber soweit wohlauf und freuen sich, überhaupt noch am Leben zu sein." Fridolin und der Bergfink, der sich mittlerweile als Aloys vorgestellt hatte, betrachteten ihn voller Ehrfurcht. „Nun ist es für dich an der Zeit, zu deiner Mutter zurückzukehren, Fridolin", sagte Barry sanft, „sie wird sich große Sorgen machen. Sicherlich konnte man von der Bergwiese aus den Lawinenabgang beobachten. Nun geh, kleiner Freund." Fridolin blühte förmlich auf. Dass Barry ihn als seinen Freund bezeichnet hatte, erfüllte ihn mit großem Stolz. Liebevoll verabschiedete er sich von dem großen Hund und hüpfte bereitwillig und vertrauensvoll in den Schnabel, den Aloys in Startposition gebracht hatte.

Fridolins Mutter jedenfalls staunte nicht schlecht, als dem aufgesperrten Schnabel eines bildschönen, aber immerhin nicht ungefährlichen Vogels ihr Sohn entstieg und diesen Vogel auch noch als „Bergfink Aloys, mein Freund" vorstellte. Beide berichteten die Geschichte von Barry, der Wandergruppe, der Lawine und der nicht geglückten Wolkenwanderung.

„Weißt du, Mama", lachte Fridolin und krabbelte auf seinen Grashalm, „ich habe so viele schöne Erinnerungen und so liebe Freunde", – ein liebevoller Blick streifte Aloys, der sich gerührt aufplusterte – „das ist doch wie Wandern auf Wolken!" Mama versetzte den Grashalm in sanfte Schwingungen, strahlte ihr Kind an und war nur eines: dankbar, es wieder heil und unversehrt bei sich zu haben.

Der Löwenzahn

Der Winter war lang und hart, wochenlang lag die Erde gefangen unter einer dichten Decke aus Schnee und Eis. Anfangs zog die kleine Sigrid noch jeden Tag begeistert mit ihrem Schlitten los und rodelte juchzend den Hügel auf der großen Wiese hinter dem Haus ihrer Eltern hinunter. Im Garten wohnte eine Schneefamilie, die sie zusammen mit ihrem Vater gebaut hatte: Vater Schneemann mit der schiefen Pfeife aus Tannenzapfen, Mutter Schneemann mit dem ausgefransten Besen und drei Schneekinder.

Doch selbst die schönste Winterbeschäftigung wird irgendwann langweilig. Sigrid stand jeden Tag seufzend am Fenster, schaute betrübt in den grauen Himmel, in das dichte Schneetreiben und sehnte sich nach dem Frühling. Wie gut, dass sie wenigstens Gregor zur Unterhaltung hatte! Gregor war überhaupt das schönste Weihnachtsgeschenk, das Sigrid jemals in ihrem neunjährigen Leben erhalten hatte. „Ich würde so gern Löwenzahn für dich suchen", sagte sie zu ihm. Gregor kuschelte in seinem Käfig verschlafen im Heu und mümmelte. „Löwenzahn ist gesund, das weißt du", ergänzte sie und hob belehrend den Finger. Gregor sah sie gläubig an. Er verstand kein Wort, aber das Mädchen hatte eine nette Stimme. Außerdem versorgte sie ihn jeden Tag mit Wasser, frischem Heu und Futter. Allerdings hing ihm das ewige Trockenfutter langsam zum Hals heraus. „Löwenzahn, schönen frischen Löwenzahn, das brauchen wir Kaninchen", dachte er mit einem missmutigen Blick in die gefüllte Futterschale. Aber die enthielt wieder nur Trockenfutter. Na, dann eben nicht. Gregor kuschelte sich wieder ins Heu und döste weiter.

Aber auch der längste Winter geht einmal zu Ende. Die ersten Strahlen der blassen Frühlingssonne waren zwar noch schwach, aber sie reichten aus, um die Eis- und Schneelandschaft im Garten zum Schmelzen zu bringen. Die Schneefamilie im Garten nahm zusehends ab und eines Morgens lagen Pfeife und Besen in einer großen Wasserlache. „Tschüss, Schneeleute", sagte Sigrid mitleidslos, als sie mit ihrem Schulranzen auf dem Rücken daran vorbeitrabte, und winkte der Pfütze zu. Am Nachmittag war auch der letzte Rest der Schneefamilie versickert.

Die ersten Blumen, die bis dahin unter der wärmenden Schneeschicht ihren Winterschlaf gehalten hatten, schickten kleine grüne Finger an die Oberfläche, denen wenig später die Blütenköpfchen folgten. Nach einigen Tagen bedeckten blaue, weiße und lilafarbene Blütenkissen die Beete. Die zarten weißen Schneeglöckchen standen dicht an dicht mit den kräftigen Krokussen, die Luft duftete würzig nach Frühling, endlich nach Frühling!

„Jetzt kann ich bald Löwenzahn für dich sammeln", teilte Sigrid Gregor mit, als sie von einer Garteninspektion zurückkam. Gregor machte Männchen und bewegte die Löffel. Er verstand immer noch nicht, was das nette Mädchen ihm sagen wollte. Aber eine Portion Löwenzahn wäre schön. Gregor schielte in seinen Futternapf. Wieder nur Trockenfutter. Schade. Vielleicht sollte er es einmal mit Gedankenübertragung versuchen? „Löwenzahn", dachte er, „Lö-wen-zahn", und starrte Sigrid an. Keine Reaktion. Funktioniert nicht. Schade. Gregor seufzte und machte sich über sein Trockenfutter her.

In dem Maße, wie die Sonne an Kraft gewann, wurden aus den schüchternen grünen Trieben in Sigrids Gartenecke kräftige, gezackte Blätter, aus deren Mitte wie kleine Sonnen die Blütenköpfchen ragten. Sigrid bewaffnete sich mit ihrer Handsichel und schritt zur Löwenzahnernte. Sorgfältig schnitt sie einige Blätter ab, um sie in ihren Weidenkorb zu legen. Vor einer Pflanze blieb sie erstaunt stehen. Die Blätter waren vollkommen geformt, der Stengel zart und das Gelb der einzigen Blüte so leuchtend, dass Sigrid meinte, in die Sonne zu sehen. „Wie schön du bist", flüsterte sie andächtig, „von dir werde ich nichts abschneiden, nicht ein kleines Blättchen." Sie streichelte vorsichtig die samtige Oberfläche der Blüte, zupfte einige Grasstengel zwischen den Blättern heraus und lockerte die Erde, um der Wurzel Luft zu verschaffen. Dann kehrte sie mit ihrer Löwenzahnausbeute zu Gregor zurück, der ihr glücklich entgegenmümmelte. Endlich hat sie ihn verstanden! Gregor machte Männchen, hielt ein Löwenzahnblatt zwischen den Vorderpfoten und knabberte selig. Endlich! Ein Genuss! Mit seinen schwarzen Knopfaugen sah er liebevoll zu Sigrid hinüber und verzieh ihr ihre Begriffsstutzigkeit.

Beim Abendessen war Sigrid sehr still und in sich gekehrt. „Was ist los mit dir", fragte ihr Vater besorgt, „sonst steht dein Plappermäulchen keine Minute still. Geht es dir nicht gut?" „Doch", sagte Sigrid zögernd, „aber ich muss nachdenken." „Das ist eine wichtige und anstrengende Tätigkeit", schmunzelte ihr Vater, „dann will ich dich nicht weiter stören. Sag' Bescheid, wenn du fertig bist." „Bescheid", sagte Sigrid nach einer Weile und sah immer noch sehr angestrengt aus. Ihre Mutter musterte sie verdutzt. „Was?" „Ich sollte Bescheid sagen, wenn ich fertig nachgedacht habe. Ich habe fertig nachgedacht. Bescheid", wiederholte Sigrid geduldig. Die Eltern verbissen sich mühsam das Lachen. „Lässt du uns am Ergebnis deiner Bemühungen teilhaben?", fragte der Vater mit verdächtig wackelnder Stimme, während die Mutter unter dem Tisch verschwand und plötzlich sehr viel vom Fußboden aufzusammeln hatte. „Gregor braucht Auslauf", verkündete Sigrid. „Aha. Und du weißt sicher auch schon wo und wie." „Du hast doch noch Maschendraht im Schuppen. Den ziehst du einfach unten am Zaun lang, damit er nicht durchkriechen kann", schlug Sigrid vor. „Die Nachbarn werden sich die Bäuche halten vor Lachen. Alle sichern ihr Grundstück mit Draht gegen die Kanincheninvasion im Frühjahr, aber ich soll unseren Garten zum Kaninchenfreigehege umbauen?" Der Vater schüttelte energisch den Kopf. „Nein, das geht nicht, Sigrid, außerdem habe ich nicht mehr so viel Draht." „Aber ich habe eine andere Idee", ergänzte er schnell, als er Sigrids zitternde Unterlippe bemerkte. „Ich werde dein Gartenteil einzäunen, dort kannst du ihn hoppeln lassen und hast ihn trotzdem unter Aufsicht." Sigrid strahlte. „Gleich morgen, Papa?" „Gut, gleich morgen", seufzte der Vater geschlagen.

Am nächsten Tag schleppte eine glückliche Sigrid Gregor mit seinem Käfig nach draußen. Vorsichtig kletterte sie mit dem schweren Käfig auf dem Arm über den funkelnagelneuen Zaun, der ihr kleines Grundstück einrahmte, setzte ihn ab und öffnete die Tür. „Raus mit dir, ab in die Freiheit", lachte sie. Gregor machte Männchen. Wenn er Sigrid richtig verstanden hat – und in den letzten Wochen verstand er sie immer besser -, soll er den Käfig verlassen, in dem er eigentlich ganz zufrieden lebt, er ist viel größer als der in der Tierhandlung. Aber dort hinten steht Löwenzahn. Gregor tastete sich langsam vorwärts. „Nun los", ermunterte ihn Sigrid. Gregor holte tief Luft und machte einen Satz nach draußen. Geschafft! „Tapfer", lobte Sigrid und tätschelte ihm den Rücken. Aufmerksam und ein bisschen besorgt beobachtete sie ihr Kaninchen, das erst zögernd, aber dann immer sicherer in seinem Freigehege herumhoppelte und, während es den Löwenzahn inspizierte, Bekanntschaft mit einer gelb gestreiften, pelzigen Raupe schloß. „Na, da hast du ja schon einen Freund gefunden. Dann kann ich ja meine Hausaufgaben machen", sagte sie, stellte für Gregor noch eine Schale mit Wasser hin und hüpfte fröhlich mit dem leeren Käfig zum Haus zurück.

„Hast du die Sprache verloren?", fragte die kleine Raupe missmutig den unsicheren Gregor, der mit heftig mümmelndem Näschen vor ihr saß. „Nein", flüsterte Gregor. „Und wie wäre es, wenn du dich einmal vorstellen würdest?" „Ich heiße Gregor und bin ein Zwergkaninchen", murmelte Gregor. „Ich heiße Kai und bin eine Raupe", grinste sein Gegenüber spöttisch. „Was ist eine Raupe?", fragte Gregor ratlos. „Sag' mal, bist du vom Mond gefallen oder willst du mich auf den Arm nehmen?", stänkerte Kai. „Ich war noch nie draußen", gestand Gregor, „nur immer im Käfig, erst in der Tierhandlung, dann im Zimmer. Ich habe zwar schon eine Menge Tiere gesehen, Kanarienvögel, Wellensittiche, Hamster, Meerschweinchen und so etwas. Aber Raupen kenne ich nicht." Kai musterte ihn mitleidig. „Du armer Kerl. Nie draußen?" Gregor schüttelte den Kopf und ließ die Ohren hängen.

„Na komm", tröstete Kai, „ich lade dich auf eine Runde Löwenzahn ein. Dabei kann ich dich mit deiner neuen Umgebung bekannt machen." Gregor nickte eifrig und futterte Löwenzahn, während Kai zeigte und erklärte. Als er nach dem nächsten Blatt greifen wollte, stoppte er und sah genauer hin. Dieses Blatt war schön, sehr viel schöner als alle anderen, die er sich gerade einverleibt hatte. Kai lächelte. „Schön, nicht wahr? Aber schau dir erst die Blüte an!" Gregor sah und staunte. Aus den perfekt geformten Blättern erhob sich ein schlanker Stil, gekrönt von einer großen Blüte von so leuchtendem Gelb, dass Gregor sich die Augen reiben musste. „Die Bienen und Hummeln, die hier regelmäßig zum Nektar sammeln vorbeikommen, haben erzählt, dass sie auf all ihren langen Flügen keine so schöne Löwenzahnpflanze gefunden haben", erzählte Kai eifrig. „Dies hier ist bestimmt die Löwenzahnkönigin", ergänzte er und sah andächtig zu der leuchtenden Blüte hoch. „So ein Quatsch", sagte eine sanfte Stimme. Kai sah Gregor irritiert an. „Warum beleidigst du mich?" „Ich habe doch gar nichts gesagt", verteidigte sich Gregor. „Wer dann?", fragte Kai und schaute sich suchend um. „Na, ich", sagte dieselbe Stimme, und die Blüte neigte sich zu der verdutzten Raupe hinunter. Gregor machte einen Satz zurück, während Kai sich vor Schreck zusammenrollte. „Seit wann fürchtest du dich vor mir?", fragte die Blüte traurig und stupste den pelzigen Kai an, der sich zögernd entrollte. „Seit du reden kannst", sagte er vorsichtig. „Ich konnte schon immer sprechen, aber vorher hatte ich keinen Anlass, da hast du nicht solch einen Blödsinn erzählt. Ich bin keine Königin, ich bin eine einfache Löwenzahnpflanze wie alle anderen", lachte die Blume. Gregor schüttelte den Kopf. „Hast du dich denn noch nie gesehen?" „Natürlich nicht, wie denn?", erwiderte die Blume verwundert. „Na dann sieh hin", sagte Gregor und deutete auf die Schale mit Wasser, die Sigrid für ihn neben der Pflanze abgestellt hatte. Die Löwenzahnblüte neigte sich und betrachtete lange ihr Spiegelbild auf der glatten Wasseroberfläche, musterte schweigend ihre Schwestern, dann wieder ihr Spiegelbild. „Das bin – ich?", fragte sie endlich.

„Siehst du den Unterschied?", fragte Kai eifrig. Die Blume nickte zögernd. „Welchen Monat haben wir?", fragte sie. Kai und Gregor sahen sich erstaunt an. „Es ist Juni. Warum ist das wichtig?", fragte Kai. Die Blume begann bitterlich zu weinen. „Juni, schon Juni! Warum habt ihr mich sehen lassen, wie schön ich bin? Im Juli ist alles vorbei, alles vorbei", klagte sie. „Wieso vorbei?" Gregor begriff nicht, während Kai langsam nickte. „Ich glaube, ich verstehe dich. Im Juli wird aus der wunderschönen gelben Blüte eine weiße Pusteblume, davor fürchtest du dich nun." Die Blume schluchzte noch heftiger und nickte. Kai und Gregor sahen sich hilflos an. „Das war wohl ein Fehler", flüsterte Gregor bedrückt. „Verstehe ich nicht", mischte sich eine neue Stimme ein, die aus einem Grasbüschel zu kommen schien. Gregor sah sich suchend um und prallte entsetzt zurück. „Eine Schlange. Hilfe, eine Schlange!" „Das ist doch Josef", sagte Kai verständnislos, „mach nicht so ein Theater." „Aber das ist eine Schlange", keuchte Gregor. „Ich bin eine Ringelnatter, du Angsthase", sagte Josef herablassend, „ich bin weder giftig noch ernähre ich mich von Kaninchen, also reg dich ab." „Josef lebt beim Teich dort hinten", fügte Kai erklärend hinzu. „Und was suchst du dann hier und erschreckst die Leute, wenn du beim Teich lebst?", fragte Gregor aufgebracht.

„Ich bin hierher gekommen, um zu tun, was alle Schlangen in regelmäßigen Abständen tun", erklärte Josef geduldig und begann sich zu schlängeln und zu winden. „Hast du Bauchweh?", erkundigte sich die Blume besorgt, die fasziniert den kringelnden Josef beobachtete und darüber ihren eigenen Jammer vergaß. „Nein", stöhnte Josef, „aber schau du genau hin." Nach einigen weiteren Anstrengungen war es geschafft: Josef streifte seine alte Haut ab und präsentierte sich den Freunden stolz mit funkelnagelneuer, glänzender Schuppenschicht. „Siehst du", sagte er triumphierend zur Blume, „es muß nicht immer das Schlechteste sein, wenn man sich verändert." „Da bringst du mich auf eine Idee", sagte Kai und begann ebenfalls, sich zu drehen und zu winden, während sich sein Äußeres seltsam veränderte. Was gerade noch ein Pelz mit gelb gefiederten Dornen gewesen war, glich jetzt eher einem Panzer. „Kai, was tust du da? Kai!!", schrie Gregor. Von Kai schaute noch ein Auge aus dem Panzer, das dem erschrockenen Kaninchen zuzwinkerte. „Wart's ab", hörte es noch eine dumpfe Stimme, dann war auch das Auge verschwunden und vor Gregor lag eine eingesponnene Puppe. „Kai, wo bist du?", jammerte Gregor und stupste mit dem Mümmelnäschen den Freund an. „Du weißt aber auch gar nichts", sagte Josef herablassend, „er hat sich verpuppt." „Er soll sich nicht verpuppen, ich will meinen Kai wiederhaben", weinte Gregor, der sich sehr einsam fühlte. „Du kriegst ihn doch wieder!", stöhnte Josef ungeduldig. „Wann?", jaulte Gregor. „Wart's ab." Mit dieser nicht sehr erschöpfenden Aussage ringelte sich Josef in Richtung Teich von dannen und ließ den betrübten Gregor und die verstörte Blume zurück. Während die beiden noch wie betäubt auf den verpuppten Kai starrten, fiel plötzlich ein dunkler Schatten über den kleinen Garten. Gregor duckte sich in das Gras. Was war denn nun schon wieder los? Aber es war nur Sigrid, die mit dem Käfig in der Hand über den Zaun kletterte. „Feierabend für heute, Gregor", verkündete sie fröhlich, „du hattest sicher einen aufregenden Tag!" „Wie wahr", dachte Gregor erschöpft und krabbelte heilfroh zwischen die schützenden Gitterstäbe seines Käfigs.

Aber auch auf Sigrid warteten Kummer und Aufregung. Beim Abendessen fiel ihr auf, dass ihre Mutter sehr bedrückt aussah und kaum einen Bissen herunterbekam. „Ist etwas passiert, Mutti?", fragte sie besorgt. „Oma ist krank geworden", sagte ihre Mutter traurig. Sigrid holte tief Luft. „Oma?", fragte sie atemlos mit weit aufgerissenen Augen. „Oma ist krank?" „Sie wird wieder gesund werden", tröstete ihre Mutter schnell, „aber ich werde in der nächsten Woche nicht da sein, ich muss zu ihr fahren, sie pflegen und Opa versorgen." „Wir kommen schon allein klar, mach' dir keine Gedanken", beruhigte sie der Vater und zwinkerte Sigrid zu. „Wir schaffen das schon. Nicht wahr, Sigrid? Wenn Mutti sich um die Großeltern kümmert, musst du dich eben um mich kümmern." Sigrid setzte sich aufrecht hin und nickte stolz. „Du kannst ruhig fahren, Mutti", sagte sie und fühlte sich sehr erwachsen. Die Mutter lächelte schon wieder. „Ach, meine Beiden", sagte sie gerührt, „wie lieb ihr seid!"

Am nächsten Tag fand Sigrid einen Zettel auf dem Küchentisch, als sie aus der Schule kam. „Meine liebste Sigrid, pass' gut auf den Papa und dich auf. Du bist jetzt mein großes Mädchen, auf das ich sehr stolz bin." Sigrid schluckte und las weiter. Die Mutti hatte noch genau aufgeschrieben, was sie aus der Tiefkühltruhe holen und wie sie es kochen musste. „Na denn", seufzte sie und sah zu Gregor hinüber, der noch völlig geschafft von den Aufregungen des Vortages im Heu schlief. Sie band sich Muttis Schürze um und machte sich ans Werk. „Du kannst heute nicht in den Garten, ich habe nicht viel Zeit", teilte sie Gregor wichtig mit, während sie mit Kochtöpfen und Deckeln klapperte. Gregor seufzte erleichtert, drehte sich auf die andere Seite und schlief weiter.

Als der Vater nach Hause kam, stand Sigrid noch mit hochroten Wangen und verstrubbelten Haaren in der Küche am Herd, dem ein verdächtiger Geruch entströmte. „Ich glaube, das Essen ist ein ganz klein bisschen angebrannt, Papa", sagte sie weinerlich. „Ach, es riecht doch ganz gut", sagte ihr Vater und lüpfte die Topfdeckel. „Aha, das sieht interessant aus. Aber ich habe gar nicht so großen Hunger. Wollen wir uns lieber eine Pizza bestellen?" Erleichtert band Sigrid die Schürze ab. „Ich hätte, glaube ich, auch lieber eine Pizza. Morgen kann ich dann ja wieder kochen."

Abends im Bett hatte Sigrid dann doch großes Heimweh nach der Mutti. Sie hatte so großes Heimweh, dass ihr Bauch ganz weh tat und sie weinen musste. Leise öffnete sich ihre Zimmertür und der Papa setzte sich besorgt auf den Bettrand. „Vermisst du die Mutti auch sehr?", fragte er. „Nicht nur das. Ich habe so Bauchweh", weinte Sigrid. „Wo tut es denn weh?", fragte Papa und schlug die Bettdecke zurück. „Hier", sagte Sigrid und zeigte auf

ihren Magen. „Paß auf", sagte der Papa, „konzentriere dich auf meine Hand."
Sigrid lag ganz still, als der Papa seine große, warme Hand auf ihren
schmerzenden Magen legte. „So, jetzt nehme ich den Schmerz weg", sagte
Papa, ballte seine Hand zur Faust und machte eine wegwerfende Bewegung.
„Besser?" „Ein bisschen", sagte Sigrid, „aber nicht so ganz." „Gut, dann
noch einmal." Papa legte wieder seine warme Hand auf Sigrids Magen, ballte
die Faust und warf weg. „Jetzt habe ich den Schmerz endgültig
weggeschmissen." Sigrid horchte in sich hinein. Richtig, die Schmerzen waren
weg. „Danke, Papa", murmelte sie, kuschelte sich in ihr Kissen und war im
nächsten Moment eingeschlafen. Der Vater lächelte, streichelte ihr über die
blonden Locken, deckte sie zu und verließ leise das Zimmer. Zurück blieben
eine schlafende Sigrid und ein höchst erstaunter Gregor, der die wundersame
Heilung beobachtet hatte.

Nach einer Woche war die Mutti endlich wieder da, erschöpft, aber
erleichtert, denn die Oma war wieder gesund geworden. Sigrid und Papa
hatten den Inhalt der Tiefkühltruhe zwar geschont, konnten jedoch schon das
Wort „Pizza" nicht mehr hören. „Jetzt habe ich wieder Zeit für dich und
kann dich in den Garten bringen", sagte Sigrid zu Gregor. Nachmittags war
es dann so weit, Gregor schwebte in seinem Käfig in Richtung Gartenecke.
Schon von weitem sah er die wunderschöne Löwenzahnblüte.

Als Sigrid ihn jedoch näher herangetragen hatte, stellte er erstaunt fest, dass
sie nicht mehr gelb, sondern dass ihr Kopf von einem schneeweißen Flaum
wie von einem Heiligenschein umgeben war. „Du bist noch schöner
geworden", stellte er fest, als Sigrid die Käfigtür geöffnet und ihn in die
Freiheit entlassen hatte. „Findest du?", fragte die Blüte geschmeichelt. „Schau
selbst", sagte Gregor eifrig und deutete auf die Wasserschale, die Sigrid
wieder neben der Pflanze abgestellt hatte. Der schöne Blütenkopf mit der
weißen Krone neigte sich über das Wasser und betrachtete sich lange. „Ja, ich
bin zufrieden", sagte der Löwenzahn schließlich und richtete sich stolz auf.
„Mehr Veränderungen brauche ich aber nicht." „Was ist aus Kai geworden?",
fragte Gregor bekümmert. Er hatte in der Zwischenzeit erfolglos das Gras
nach der verpuppten Raupe abgesucht. Dabei war ihm ständig ein
Schmetterling zwischen die wackelnden Löffel geflogen und hatte ihn an der
Nase gekitzelt. „Aber hier bin ich doch", hörte Gregor die vertraute, lachende
Stimme. „Wo?", fragte er verständnislos und schaute in den Himmel. Von
irgendwo da oben hatte er seinen Freund gehört. „Na, hier!" Vor Gregors
Augen tanzte ein bildschöner brauner Schmetterling. Weiße Flecken
schmückten die schwarzen Spitzen der Vorderflügel. Die Unterseite der
Flügel war besonders auffällig gemustert. „Kai?", fragte Gregor ungläubig.
„Kai, bist du das?" Als Kai nur lachte und weiter um Gregors Löffel trudelte,

schaltete sich die Blume ein. „Es ist Kai", sagte sie missbilligend. „Aber seit aus unserer Raupe ein Distelfalter geworden ist, ist sie etwas albern." Kai kicherte. „Und seit aus unserer Löwenzahnblüte eine ehrwürdige Pusteblume mit weißer Krone geworden ist, ist sie etwas spießig." „Ich bin nicht spießig", verteidigte sich die Pusteblume. „Ach nein? Und wie war der Satz von den Veränderungen, die du nicht mehr brauchst?" „Im Gegensatz zu gewissen anderen Leuten denke ich eben über den heutigen Tag hinaus", sagte die Blume beleidigt. Kai schlug einen Purzelbaum in der Luft. „Was kümmert mich, was morgen ist? Das Leben ist heute!" Und dann flatterte er davon, sommerseelig, trunken von Licht und Wärme. „Oberflächliches Geschöpf", murmelte die Blume voller Verachtung. Traurig sah Gregor dem davonflatternden Kai hinterher. „Ist er jetzt für immer weg?" „Ach, woher denn", sagte die Blume, „der ist gleich wieder da. Er kann eben nur nicht lange an einer Stelle bleiben."

So verging der Sommer. Gregor hoppelte jeden Tag durch sein kleines Gartengehege, futterte sich den Bauch voll und fühlte sich wohl. Kai flatterte unruhig durch die Weltgeschichte, kehrte aber immer wieder zu seinen Freunden in den kleinen Garten zurück und berichtete, was er draußen gesehen und erlebt hatte. Langsam wurden die Tage wieder kürzer, die Nächte kühler, der Wind stärker. Alle anderen Pusteblumen hatten ihre weißen Häubchen schon verloren und standen kahlköpfig im Beet. Nur Gregors Freundin trug noch ihre weiße Krone, hatte aber von Tag zu Tag mehr Mühe, den Haarkranz festzuhalten. „Du musst loslassen", sagte Gregor eines Tages besorgt, als er sah, wie seine Freundin sich gegen den Wind abmühte. „Das sind doch alles deine Kinder. Wenn du sie nicht loslässt, können sie nicht leben. Sie müssen zur Erde fliegen, um im nächsten Frühjahr blühen zu können. Bald wird die Erde zu hart sein, dann können sie sich nicht mehr aussäen und müssen sterben." „Ich will nicht kahlköpfig hier stehen wie die anderen", knirschte die Blume mühsam. „Ich will meine Schönheit nicht verlieren." „Lass sie los", bat Kai, der langsam und müde herangeflattert kam. „Deine Schönheit wird in ihnen weiterleben." „Nein,

nein", beharrte die Blume, „ich will nicht so hässlich und kahlköpfig hier stehen wie die anderen." Und damit neigte sie sich wieder über die Wasserschale und betrachtete verliebt ihr Spiegelbild. Kai und Gregor sahen sich bedrückt an und schwiegen.

Immer kürzer wurden die Tage, immer früher kam die Dunkelheit und mit ihr Gregors Abschied aus dem Gartengehege. „Bald wirst du gar nicht mehr in den Garten können", sagte Sigrid eines Tages, als sie seine Käfigtür öffnete. „Es wird zu kalt." Gregor hoppelte traurig nach draußen. Vorbei war der Sommer, vorbei die Sonnentage im Gartengehege, vorbei die Gespräche mit Kai. In der letzten Woche hatte er sich von ihm verabschieden müssen. Nur die Pusteblume stand noch in weißer, ehrwürdiger Schönheit in ihrer Gartenecke. „Wo ist der Schmetterling?", fragte sie. „Er hat mich schon lang nicht mehr besucht." „Er ist tot", antwortete Gregor betrübt. „Beim ersten Frost ist er gestorben." „Er ist tot?" Die Blume weinte. „Hat er gewusst, dass er beim ersten Frost sterben muss?" „Natürlich hat er das gewusst", sagte Gregor. „Das ist das Los von Distelfaltern. Ihre Schönheit währt nur einen kurzen Sommer." „Ich habe ihm unrecht getan. Ich habe gedacht, dass er oberflächlich und albern ist, dabei war er viel weiser als ich", schluchzte die Pusteblume. „Es tut so weh." Gregor sah sie nachdenklich an. „Soll ich dir die Pfote auflegen?" „Was?", fragte die Blume erstaunt. „Ich lege dir die Pfote auf, das nimmt den Schmerz weg", sagte Gregor, hoppelte zu ihr hinüber und legte seine kleine Pfote auf ihre noch immer dunkelgrünen Blätter.

Die Wärme der Kaninchenpfote erfüllte das Herz der Blume, während sie ergeben den Kopf neigte und endlich ihre Kinder in die Welt entließ. Unzählige wunderschöne weiße Fallschirme umschwebten Gregor und die Löwenzahnpflanze wie Schneeflocken, suchten sich einen Platz in der Erde und bohrten die kleinen Samenköpfe hinein. Als auch das letzte Kind sie verlassen hatte, richtete die Blume sich stolz auf. „Du bist noch immer schön", sagte Gregor erstaunt, „schau dir deine Blätter an." Hohe, kräftige Blätter umstanden den kahlen Kopf mit der Samtkappe. „Du bist noch immer schön, nur – anders", wiederholte Gregor. Die Blume lächelte unter Tränen. „Auch ich muss mich heute von dir verabschieden, Gregor", sagte sie. „Dort kommt Sigrid mit deinem Käfig und holt dich ins Haus zurück. Der Sommer ist vorbei." Ergeben sah Gregor zu seiner kleinen Besitzerin auf, die den geöffneten Käfig vor ihm aufstellte. „Komm ins Haus, Gregor", sagte sie. „Es ist zu kalt für dich. Du kannst im nächsten Frühling wieder in deinen Garten." Gregor hoppelte traurig in seinen Käfig und warf noch einen letzten Blick auf die Blume, die mit hoch aufgerichteten Blättern in ihrer Ecke stand. „Ich muss gehen", sagte er. „Wir sehen uns im nächsten Jahr wieder", antwortete die Blume zuversichtlich. „Wirklich?", fragte Gregor ungläubig. „Wart's ab", lächelte die Blume, „wart's ab."

Das Tal der Träume

Es geschah an jenem Tag, als Matonka aufbrach, um zu jagen. Er griff zu Pfeil und Bogen und schwang sich auf sein Pferd, wie er es an jedem Tag tat, denn er jagte gern und viel. Voller Vorfreude riss er sein Pferd herum, um sein Dorf zu verlassen, als seine Mutter aus dem Wigwam trat und sich ihm in den Weg stellte. „Matonka, Sohn", sagte sie. „Du willst doch nicht schon wieder auf die Jagd gehen?" Matonka lachte mutwillig. „Natürlich will ich das, Mutter." Er deutete auf Pfeil und Bogen, die ihm über die Schulter hingen. „Oder wie sieht es für dich aus?" Seine Mutter schüttelte bekümmert den Kopf. „Sohn, wir haben schon jetzt mehr Fleisch als wir essen können, wir haben genug Leder, um uns Kleidung und Schuhe zu nähen. Wir haben von allem genug. Welchen Sinn macht es dann, noch mehr Tiere zu töten?" Matonka schwieg. Wie sollte er seiner Mutter erklären, was er an der Jagd so liebte, dass er jeden Tag den unstillbaren Drang verspürte, mit dem Wind zu reiten, Tiere aufzustöbern und zu jagen, bis sie so erschöpft waren, dass sie eine leichte Beute für seinen Pfeil waren? Dieses Gefühl, wenn er wusste, dass der Moment gekommen war, den Bogen zu spannen, den Weg des schwirrenden Pfeiles mit den Augen zu verfolgen, bis er sein Ziel traf – wie hätte er es seiner Mutter beschreiben können? „Du liebst die Macht", sagte seine Mutter, die seine Gedanken zu lesen schien, leise. „Matonka, Sohn, bleib heute hier, ich bitte dich. Töte nicht nur deshalb, weil du Herr über Leben und Sterben eines Mitgeschöpfes sein willst. Vergiss nicht, dass wir dem Geist des Tieres danken, das sein Leben gegeben hat, damit wir uns von seinem Fleisch ernähren und aus seiner Haut Kleidung und Wigwams herstellen können. Von allem haben wir genug, bleibe heute hier, ich bitte dich!" Matonka runzelte unwillig die Stirn und winkte ab. „Lass mich, Mutter, ich bin erwachsen, ich weiß, was ich tue." Er trieb sein Pferd an und preschte aus dem Lager des Stammes. Die leise Erwiderung seiner Mutter hörte er schon nicht mehr: „Du bist ein Mann, mein Sohn, das weiß ich. Aber in meinem Herzen wirst du immer ein Kind sein, mein Kind, das ich liebe. Ich bin deine Mutter und bleibe es bis zu meinem letzten Atemzug."

Matonka trieb sein Pferd zu immer schnellerem Lauf an, warf den Kopf in den Nacken und schrie seine Freude in den Himmel. Der Wind pfiff in seinen Ohren, zerrte an seinen Haaren, machte ihn atemlos. Matonka fühlte sich eins mit den Wolken, mit dem Falken, der hoch oben am Himmel seine Kreise zog und auf Beute lauerte, fühlte sich jung und frei und stark. Am Rand des Waldes brachte er sein Pferd zum Stehen, sprang ab und schlich geduckt durch das dichte Gestrüpp, alle Sinne gespannt und auf die Jagd gerichtet. Ein kleiner Hase sprang verängstigt aus dem Gehölz und rannte im Zickzack den

Weg entlang. Matonka zückte spielerisch seinen Bogen, legte den Pfeil ein und verfolgte den wilden Lauf des Kleinen. Dann schnaubte er verächtlich – Kinderkram, unter seiner Würde. Ein kleiner Hase war kein würdiges Objekt für einen großen Jäger. Noch einmal schaute er dem kleinen Kerl hinterher – und erstarrte. Wo gerade noch ein Häschen seine Haken geschlagen hatte, flüchtete jetzt ein Reh in weiten Sprüngen. Das goldfarbene Fell leuchtete in der Sonne.

Matonka wollte seinen Augen nicht trauen. Erfahrener Fährtenleser, der er war, schlich er gebückt den Waldweg entlang und verfolgte die langen Läufe des Hasen, die sich auf der Flucht tief in den weichen Boden eingegraben hatten. Plötzlich endete die Fährte und statt ihrer sah Matonka schmale Hufabdrücke. Ungläubig schüttelte er den Kopf, dann lachte er auf und rannte den Spuren nach. Dies war seine Beute! Aus dem goldfarbenen Fell konnte seine Mutter ihm eine wunderbare Jacke nähen. Tiefer und tiefer hinein in den Wald folgte Matonka der Spur des Rehs, ohne es jedoch sehen zu können. Aber die Fährte im Boden war ihm ein deutlicher Wegweiser – bis auch sie plötzlich endete. Matonka ließ sich auf die Knie fallen, legte seinen Bogen neben sich und untersuchte genau, was er im Sand sah. Aber das Bild veränderte sich nicht, die schmalen Abdrücke kleiner Hufe endeten so plötzlich, wie sie begonnen hatten. Der junge Indianer richtete sich auf und stellte fest, dass er sich auf einer Hügelkuppe oberhalb eines Tals befand. Mit der Hand beschattete er seine Augen vor der blendenden Sonne und musterte konzentriert das Tal, das sich vor ihm ausdehnte. Da! Goldfarbenes Fell leuchtete in der Sonne! Im Vorgefühl des nahen Sieges lachte Matonka laut auf. Das Tal war an der gegenüberliegenden Seite eingegrenzt von hohen Felswänden. Das Reh war sein, da war er sicher. Eine Flucht war unmöglich. Erneut vom Jagdfieber gepackt, griff sich Matonka seinen Bogen, rückte den Köcher mit seinem Pfeil, der ihm von der Schulter hing, zurecht und rannte in die Richtung, in der er das goldene Fell hatte aufleuchten sehen.

Als er endlich keuchend und außer Atem das Ende des Tales erreicht hatte, schüttelte er ungläubig den Kopf. Wo er ein verängstigtes Reh erwartet hatte, das eine sichere Beute für seinen Pfeil gewesen wäre, lehnte eine Frau an den hoch aufragenden Felswänden und lächelte ihm gelassen entgegen. Goldbraunes Haar leuchtete in der Sonne, umfloss die schmale Gestalt. „Wer bist du, Jäger, der den Frieden dieses Tales zu stören wagt?", fragte sie streng. Matonka zuckte zusammen, denn die klangvolle Stimme der jungen Frau hallte laut von den Felswänden wider, die das Tal eng umschlossen. Felswände? Matonka schaute sich um. Tatsächlich, wo eben noch ein Weg gewesen war, ein sanfter Hügel, Gras, Bäume, fiel sein Blick nun auf harten grauen Fels, ertastete seine suchende Hand kalten Stein. Unter dem klaren Blick der braunen Augen, die bis auf den Grund seiner Seele zu schauen schienen, fühlte er sich unsicher. Deshalb richtete er sich auf und fasste seinen Bogen fester. „Ich bin Matonka", antwortete er stolz, „der größte Jäger meines Volkes." Voller Genugtuung hörte er auch seine Stimme laut von den Felswänden widerhallen und das Tal erfüllen. Die junge Frau schien jedoch völlig unbeeindruckt zu sein. „Oh, ein großer Jäger", lächelte sie spöttisch. „Was tust du hier im Tal der Quelle, der Blumen und des Baumes? Was willst du jagen und mit deinem Pfeil erlegen? Die Bienen, die von Blüte zu Blüte fliegen, auf der Suche nach Nektar? Die Schmetterlinge, die in der Sonne tanzen?" Matonka schoss die Zornesröte ins Gesicht. „Ein Reh, das ich bis hierher verfolgt habe. Es steht mir zu als meine rechtmäßige Beute. Wo ist es, wo hast du es versteckt?" Als sie nicht antwortete, sondern ihn nur weiter anlächelte, hob er drohend den Bogen und legte seinen Pfeil ein. „Sprich, oder du wirst es bereuen!" Die junge Frau löste sich von der Felswand und kam auf ihn zu. „Werde ich das?", fragte sie langsam.

Aufgebracht fuchtelte Matonka mit seinem Bogen herum, dessen Sehne er schon weit und abschussbereit gespannt hatte. „Bleib stehen, du!" Sie blieb tatsächlich stehen, lächelte aber noch immer. Dieses Lächeln, das ihre Furchtlosigkeit bewies, trieb Matonka fast zur Weißglut. „Gib mir meine Beute, du hast kein Recht, sie mir vorzuenthalten!", schrie er und fuchtelte aufgebracht mit seinem Bogen herum. Die Sehne, die den Pfeil hielt, schnellte zurück, der Pfeil löste sich sirrend und flog auf die junge Frau zu, die wie angewurzelt stehen geblieben war und ihm entgegensah. Matonka hielt den Atem an und schaute fassungslos dem Pfeil hinterher, der unerbittlich seinem Ziel entgegenstrebte. Aber dies hier wollte er nicht, nicht sie, nicht das schöne Mädchen. „Nein!", schrie er, „nein, bitte, nein!" Ein dumpfes Brausen erfüllte die Luft, ein Blitz zischte aus dem strahlenden Blau des Himmels und traf den Pfeil, der sofort in tausend Stücke zersprang. Matonka atmete erleichtert auf, wurde aber gleich darauf wieder wütend. „Da siehst du, was du angerichtet hast", fuhr er auf das Mädchen los. „Mein Pfeil ist zersprungen, mein bester, mein schönster, mein erfolgreichster Pfeil." Immer noch vor sich hinschimpfend, kniete er nieder, sammelte die zersprungenen Stücke ein und verstaute sie sorgfältig in seinem Köcher. Dann stand er auf, immer noch wütend, und hielt dem Mädchen anklagend den Köcher hin. „Mein Pfeil, er ist zerstört. Es ist deine Schuld, nur deine Schuld. Wie soll ich jetzt das Reh erlegen, etwa mit meinen bloßen Händen? Wie? Und wer bist du überhaupt, du unverschämtes Mädchen?"

Die großen braunen Augen musterten ihn kühl. „Erst einmal beantwortest du mir eine Frage. Warum willst du unbedingt das Reh töten? Muss dein Stamm hungern? Habt ihr zu wenig Kleidung? Braucht ihr neue Zelte?" Matonka stutzte. Dieses Mädchen war wirklich unverschämt. Und ganz offensichtlich hatte sie keine Angst vor ihm. Deshalb baute er sich in voller Größe vor ihr auf. „Ich muss dir meine Gründe nicht nennen. Ich bin Matonka, der größte Jäger meines Volkes, das sei dir als Antwort genug. Und nun antworte du – wer bist du?" Das Mädchen lächelte traurig. „Als du mit deinem Schrei deinen Pfeil gestoppt hast, dachte ich, dass es noch Hoffnung für dich gibt." Sie schloss die Augen und atmete tief durch. „Dieser Meinung bin ich auch immer noch, trotz dieser Antwort. Du hast mich wenigstens nicht belogen." Sie öffnete die Augen und Matonka erschrak vor dem, was er in ihnen sah. „So höre denn, Matonka, Jäger. Du wirst in diesem Tal bleiben, bis du gelernt hast, dass du Verantwortung trägst für die Natur, die dich umgibt. Du wirst diese Quelle pflegen, du wirst diesen Baum täglich gießen, auf dass seine Blätter groß und silbern im Winde wehen. Wenn du bittest, wird dir Nahrung gewährt werden. Nach einer Zeit der Bewährung werde ich wieder nach dir sehen und entscheiden, wie dein weiteres Leben verläuft. Dies spricht die Fee dieses Waldes." Sie hob die Hand, sah ihn noch einmal eindringlich an und war von einem Moment zum anderen verschwunden.

Matonka drehte sich verblüfft um. Nein, sie war fort. Die Felswände, die das Tal eingrenzten, schienen in den Himmel zu wachsen. Ein Entkommen war nicht mehr möglich. Was hatte die Fee gesagt? Für die Quelle sollte er sorgen. Matonka untersuchte den kleinen Wasserlauf, der silbern durch das Tal floss und schüttelte ärgerlich den Kopf. Undenkbar, dass er, der große Jäger, sich mit dieser Frauenarbeit abgeben sollte. Aus Blättern und Zweigen baute er sich einen Unterstand, in dem er sich schlafen legte. Als er erwachte, war die Nacht hereingebrochen. Ein klarer Sternenhimmel wölbte sich über dem Tal, während die großen silbernen Blätter der Bäume in einer leichten Brise sangen. Vor Matonkas ungläubigen Augen lösten sie sich und flogen wie riesige Vögel aus dem Tal, der Baum blieb kahl und dunkel zurück. Laut knurrend meldete sich Matonkas Magen und machte ihn darauf aufmerksam, dass er seit dem Frühstück im Zeltdorf nichts mehr zu sich genommen hatte. Seufzend kniete er nieder und nahm einige Schlucke aus der Quelle, deren köstlich klares und kühles Wasser seinen Magen beruhigte. Dann kroch er wieder in sein Bett aus Blättern zurück und schlief weiter.

Am nächsten Morgen galt sein erster Blick dem Baum. Die Blätter, die er in der letzten Nacht hatte davonfliegen sehen, hingen an den Zweigen und wiegten sich im Morgenwind. „Ich habe wohl geträumt", murmelte Matonka und schüttelte den Kopf. Dann ging er auf die Suche nach einem Frühstück, aber wieder fand er nichts, keine essbaren Wurzeln, keine Kräuter, nichts.

Die Quelle, deren köstliches Wasser in der letzten Nacht seinen Hunger gestillt hatte, floss nicht mehr so lebhaft und silbrig über die Steine wie am Vortag. Aber nein, die Quelle säubern war Frauenarbeit, nichts für einen großen Jäger. Wieder trank er einen Schluck und schüttelte sich, denn das Wasser schmeckte sandig. Matonka richtete sich hoch auf, legte die Hände um den Mund und rief: „Hallo, Waldfee! Du musst dich um deine Quelle kümmern! Sie versandet!" Eine Weile lauschte er aufmerksam auf Anwort, aber außer dem leisen Gesang der Vögel und dem Zirpen der Grillen in der Mittagsglut der Sonne, die hoch am Himmel stand, hörte er nichts. Sein Magen knurrte wieder laut vernehmlich, so suchte er sich Zweige und Reisig zusammen und baute eine Falle. Ärgerlich stellte er fest, dass sein Messer verschwunden war. Wahrscheinlich hatte er es verloren, als er das Reh verfolgte.

Bis zur Abenddämmerung war er damit beschäftigt, seine Fallen aufzustellen, dann kroch er wieder in seinen Unterschlupf und schlief. Der nächste Morgen brachte keine Besserung seiner Lage, die Quelle war mittlerweile total versandet und holperte mühsam und brackig über die Steine. Die Blätter des Baumes hingen müde herunter und sahen aus wie kranke Vögel. Ein Blick in die Fallen, die er am Vortag aufgestellt hatte, ließ ihn noch mutloser werden. Sie waren leer. Wieder stellte er sich in die Mitte des Tales, legte die Hände um den Mund und rief: „Hallo, Waldfee! Ich habe Hunger, gib mir Essen!" Wie am Vortag antworteten ihm nur die Vögel und die Grillen, während die Sonne heiß herniederbrannte. Bis zum Abend ernährte sich Matonka nur von einem Schluck aus der Quelle, der Sand knirschte zwischen seinen Zähnen. Sollte er vielleicht doch .....? Nein, Frauenarbeit. Matonka schüttelte zornig den Kopf. Lieber würde er verdursten, als die Quelle von Sand und Schlick zu befreien.

Am nächsten Morgen war er so schwach, dass er kaum aus seinem Unterschlupf kriechen konnte. Seine Zunge klebte ausgetrocknet am Gaumen, seine Lippen waren spröde und sein Magen schmerzte vor Hunger. Während er sich mühsam voranbewegte, um seine Fallen zu kontrollieren, stellte er fest, dass er durch welkes Laub kroch. Der Baum stand entlaubt im Tal, die Blätter lagen zusammengerollt und vertrocknet am Boden. Wie seit Tagen, waren die Fallen leer. Wo einmal die Quelle gesprudelt war, erwartete Matonka nur noch feuchter Schlamm. Wieder brannte die Sonne heiß auf ihn hernieder. Matonkas Angst wuchs. „Fee", flüsterte er, „bitte gib mir zu essen, Lass mich hier nicht sterben. Bitte." Neben ihm raschelte das Laub ein kleiner Hase sprang ihm vor die Füße und hoppelte langsam den Weg entlang, der durch das Tal führte. Matonka wollte seinen Augen nicht trauen – der Hase!

Mühsam folgte er dem Kleinen, der vor einem morschen Baumstamm Männchen machte und mit einem Satz in dem hohen Gras am Wegesrand verschwand.

Matonka fiel vor dem Baumstamm, dem ein betörender Duft entströmte, auf die Knie. Zögernd griff er hinein und ertastete eine Schüssel, die er vorsichtig heraushob. Vor Glück und Erleichterung schluchzend sah er saftig gebratenes Fleisch und frisches Gemüse. Obwohl er, ausgehungert, wie er war, liebend gern sofort über das köstliche Essen hergefallen wäre, sprach er andächtig den rituellen Dank an den Geist des Tieres, das sein Leben gegeben hatte, um das seine zu retten. Erst dann genoss er die geschenkte Speise und fiel sofort in einen tiefen Schlaf. Er erwachte in der Abenddämmerung, der Durst plagte ihn ebenso heftig wie am Morgen. Matonka kroch durch das raschelnde Laub zur Quelle in der Hoffnung, wenigstens noch ein wenig Wasser zu finden. Fieber schüttelte ihn, sein ausgetrockneter Hals schmerzte unerträglich. Die Quelle gab es nicht mehr. Wo am Morgen wenigstens noch feuchter Schlamm gewesen war, erwartete Matonka nun trockener Boden, in den die Sonne tiefe Risse gebrannt hatte.

Wieder packte Matonka die Angst. „Bitte, lass mich nicht verdursten", schluchzte er. „Bitte gib mir zu trinken." Zusammengekrümmt lag er am Boden und kratzte mit seinen Händen in der harten, trockenen Erde, als ihn eine feuchte Nase sanft anstieß. Matonka sah in arglose braune Augen, sah goldenes Fell. „Du?", fragte er fassungslos. „Du kommst, um mir zu helfen, mir, der ich dich töten wollte, nur um deiner Schönheit willen?" Das Reh stieß ihn noch einmal an, als ob es ihn ermutigen wollte, dann scharrte es mit seinen harten kleinen Hufen in dem ausgetrockneten Boden. Immer wieder und immer wieder, bis ein feines Rinnsal die tiefen Furchen ausfüllte, bis die Quelle zögernd wieder zu fließen begann. Matonka füllte seine Hände wieder und wieder mit dem lebensrettenden Wasser und stillte seinen Durst. Als er endlich aufsah, war das Reh verschwunden und tiefe Trauer und das Gefühl eines großen Verlustes erfüllten ihn. „Ich werde alles wieder gutmachen", murmelte er. „Niemand soll in diesem Tal wieder Durst leiden müssen." Er rappelte sich hoch und arbeitete die ganze Nacht, um die Quelle zu säubern, kroch am Morgen erschöpft in seinen Unterschlupf und verschlief den Tag.

Als er erwachte, erfüllte silbernes Mondlicht das Tal. „Ich muss die Fallen abbauen", flüsterte Matonka erschrocken. „Der Frieden dieses Tales darf nicht gestört werden." Eilig verließ er sein Bett aus Blättern und Zweigen und blieb erstarrt stehen. An der Felswand lehnte die Fee und lächelte ihm entgegen. In den Händen trug sie ein großes geschnitztes Gefäß mit einem lose aufliegenden Deckel. Unsicher näherte sich Matonka dem Mädchen und deutete auf das Gefäß. „Was bringst du mir, Waldfee? Ist die Zeit meiner Bewährung beendet?" Das Lächeln auf dem schönen Gesicht erstarb. Die Fee schüttelte den Kopf. „Nein, Matonka. Du hast viel gelernt. Aber eine wichtige und schmerzhafte Erfahrung steht dir noch bevor. Ich hatte dir aufgetragen, für den Baum zu sorgen, erinnerst du dich?" Matonka nickte beschämt. „Ich erinnere mich, Waldfee. Ich habe diese Aufgabe nicht erfüllt." Er deutete auf die Blätter, die welk am Boden lagen und auf die kahlen Zweige. „Ich habe versagt. Nun sage mir, ich bitte dich, was das Gefäß enthält, das du in deinen Händen trägst. Eine neue Prüfung?" Die Fee schwieg und hob langsam den Deckel. Lautes Wehklagen erfüllte das Tal, so schmerzerfüllt, dass Matonka meinte, sein Herz müsse zerspringen. Gequält hielt er sich die Ohren zu. „Genug! Bitte, genug! Was ist das?" Die Fee hob die Hand, das laute Weinen verstummte.

„Was du gehört hast, Matonka, war das Weinen deines Volkes. Wisse, dass dieser Baum die Träume deines Volkes an seinen Zweigen trug. Wisse auch, dass in der Welt die Zeit schneller vergeht als hier im Tal. Seit Monden träumt dein Volk nicht mehr. Niemand kann leben ohne Träume, Matonka. Dein Volk leidet." Matonka erstarrte. „Ich werde den Baum bewässern, das verspreche ich. Mein Volk soll seine Träume wiederfinden. Oder", – er zögerte angstvoll –, „oder ist es zu spät, Waldfee?" Die Fee lächelte beruhigend. „Es ist noch nicht zu spät, Matonka. Neue Träume werden wachsen und zu deinem Volk fliegen." „Ich werde den Lauf der Quelle verändern, mit meinen eigenen Händen", versprach Matonka eifrig. „Der Baum soll nie mehr austrocknen müssen. Wenn ich auch diese Aufgabe erfüllt habe, Waldfee, darf ich dann zurück zu meinem Volk, zurück zu meinen Eltern?" Er warf sich auf die Knie und begann zu graben, um die Quelle umzuleiten. Er grub und scharrte, als ihn eine leichte Berührung aufschauen ließ. Die Fee strich ihm über die Haare. „Du kannst zurück", sagte sie zärtlich. „Aber es erwartet dich eine veränderte Welt. Eine Welt, in der es deine Mutter nicht mehr gibt."

Als Matonka begriff, was er da gehört hatte, weinte er so heftig, wie er noch nie in seinem Leben geweint hatte und mit seinen Tränen reinigte er seine Seele. Sein Hochmut, sein falscher Stolz, seine Eitelkeit, alles schwand und zurück blieb ein erschöpfter junger Mann, der seine Mutter betrauerte. „Sage mir noch eines, Waldfee, ich bitte dich", flüsterte er, „bin ich Schuld? Ist meine Mutter gestorben aus Kummer über mein Verschwinden?" Wieder strich die Fee ihm zärtlich über die Haare. „Nein, Matonka. Ihre Zeit war gekommen. Ihre letzten Worte waren die der Liebe und Zärtlichkeit für dich.

So ist sie hinübergegangen in das Land jenseits des Regenbogens, wo ihr euch wiedersehen werdet, wenn auch deine Zeit gekommen sein wird." Sanft hob sie sein Kinn und zwang ihn, sie anzusehen. „Und merke dir eines, Matonka. Geliebte Kinder werden liebende Eltern. Das ist das Vermächtnis deiner Mutter an dich. Wenn du zurückkehrst zu deinem Volk, Matonka, suche dir ein Mädchen und mache sie zu deiner Frau. Gib euren Kindern Liebe und Zärtlichkeit, wie du es von deiner Mutter gelernt hast. Dein Vater wird dir zur Seite stehen, denn auch er liebt dich und wird glücklich sein, sein Kind wieder in die Arme schließen zu können."

Matonka nickte. „So wird es geschehen, Waldfee. In dieser Nacht werde ich den Lauf der Quelle verändern, werde ich die Blätter dieses Baumes zum Wachsen bringen, damit mein Volk wieder träumen kann. Dann lass mich zu meinem Volk, zu meinem Vater zurückkehren, ich bitte dich. Ich werde nie vergessen, was ich bei dir gelernt habe, was der Hase und das Reh mir gezeigt haben, das verspreche ich." Er schaute auf und sah in sanfte braune Augen, sah goldbraunes Haar. „Der Hase und das Reh", wiederholte er langsam. „Das warst alles du, nicht wahr?" Die Fee nickte und küsste ihn zärtlich auf die Stirn. Matonka wandte sich ab und begann zu graben, veränderte den Lauf der Quelle, schleppte Steine, schichtete Böschungen auf, bis die Quelle silbern die ausgetrockneten Wurzeln des Baumes umfloss. Schon am Morgen wuchsen neue Blätter und wiegten sich groß und glänzend im Morgenwind.

Am Rand des Tales, dessen Felswände nun wieder zurückgewichen waren, wartete die Fee auf den jungen Indianer und gab ihm seinen Bogen, einen Pfeil und sein Messer. Wieder strich sie ihm sanft über die Haare. „Nun geh zu deinem Volk zurück, Matonka. Trage die Botschaft des Tales in die Welt, bewahre sie in deinem Herzen für deine Kinder." Matonka nickte feierlich. „So soll es sein." Er grüßte ein letztes Mal und verschwand im Wald.

Lila aus dem Regenbogen

Regentropfen purzelten auf die Erde, wurden von dem durstigen Boden aufgesogen, sammelten sich in großen Pfützen, füllten die Talsperren, die Flüsse, die Seen, das Meer. Die Natur atmete auf nach der großen Hitze der vergangenen Tage. Nur die Sonne lugte missmutig über den Rand der großen Wolke, hinter die sie sich verkrochen hatte, als der Regenschauer auf die Erde prasselte. „Scheußliches Wetter", murmelte sie und streckte zaghaft einen ihrer leuchtenden Arme aus. Die Wolke schüttelte sich. „Geh von mir runter, du", meuterte sie. „Du bist mir zu schwer und zu heiß. Ich bin eine Regenwolke." „Stell dich nicht so an", zeterte die Sonne zurück. „Ich bin die Sonne, mein Licht beherrscht den Horizont. Ich bin die, deren Wärme Leben bringt." Die Wolke schnaubte verächtlich. „Verkrochen hast du dich, als ich meine Regentropfen zur Erde geschickt habe. Weil du weißt, dass Wasser stärker als Feuer ist. Auslöschen kann ich dich! Und von wegen Lebensspenderin! Ohne Wasser versengst du mit deiner Hitze die Erde, guck dir doch den ausgetrockneten Boden an. Also mach dich nicht so wichtig." Die Sonne bibberte vor Empörung. „Ich verdunste dich! Jawohl. Das werde ich tun." Sie erhob sich zu ihrer vollen majestätischen Größe und breitete die Arme aus. Gleißendes Licht erfüllte den Himmel. Aber die Wolke lachte nur. „Du machst mir keine Angst", spottete sie und sandte einen Schleier aus feinen Tropfen aus, der wie eine graue Wand zwischen ihr und den leuchtenden Armen der Sonne hing. Nun musste auch die Sonne lachen. „Grau", sagte sie mitleidig. „Schon wieder grau. Du lernst es nicht." „Dann hilf mir", bat die Wolke. „Du weißt, was du tun musst. Eigentlich können wir uns unseren ständigen Streit sparen." Die Sonne nickte. „Du hast Recht. Ich brauche dich und du brauchst mich." Dann strich sie zart über die graue Wand, die sofort von Leben erfüllt wurde.

Kleine Mädchen lösten sich aus den dicken Tropfen, liefen aufgeregt durcheinander und ließen ihre Schleier flattern. Aus Grau wurde Gelb, Blau, Rot, Grün. Nur langsam kehrte Ruhe und Ordnung in das Gewimmel ein, die Schleier verhedderten sich einige Male, bis die Kleinen endlich ernst und feierlich mit erhobenen Armen nebeneinander standen und die Bahnen aus zartem, tropfendem Gespinst über den Himmel spannten.

Die Sonne kniff die Augen zusammen und musterte sachverständig den leuchtenden Bogen aus vielfarbigem Licht. „Das haben wir wieder schön gemacht", sagte sie. Auch die Wolke patschte in die dicken grauen Hände und lachte, zuckte aber plötzlich erschrocken zusammen. „Wo ist Lila?", fragte sie beunruhigt. „Sie war doch eben noch da", antwortete die Sonne und ließ suchend ihren Blick über den Himmel schweifen. „Aber ich sehe sie auch nicht." Die Wolke war sehr nachdenklich. „Findest du nicht auch, dass unsere Regenbogenkinder ein bisschen zu artig sind? So kenne ich sie gar nicht, kein Lärm, kein Kichern, kein Geschubse. Da stimmt doch etwas nicht!" Die Sonne musterte die angespannten kleinen Gesichter. Für die Mädchen schien es nichts Wichtigeres zu geben, als mit hoch erhobenen Armen ihre Schleier zu halten. „Da stimmt wirklich etwas nicht", grübelte sie. „Die Kleinen sind mir allzu wohlerzogen. Lindgrün, komm doch mal her." Sie winkte gebieterisch ein Regenbogenkind heran, das widerstrebend angetrottet kam. „Was ist denn?", maulte die Kleine. „Wieso störst du mich bei der Arbeit?" „Wo ist Lila?", fragte die Sonne. Lindgrün zuckte die Schultern. „Weiß ich doch nicht. Eben war sie noch da. Ich muss jetzt wieder zurück zu meinem Schleier, schau doch nur, wie schlapp er herunterhängt." Die Sonne nickte. „Gut. Aber schicke mir Zitronengelb." Lindgrün hatte es sehr eilig, an ihren Platz zurückzukommen, während Zitronengelb mit hängendem Kopf angeschlichen kam. „Wo ist Lila?", wiederholte die Sonne streng ihre Frage. Zitronengelb wurde rot und schluckte. „Weiß ich nicht", krächzte sie schließlich. Die Sonne strich ihr über den gesenkten Kopf. „Kind, hab keine Angst", sagte sie gütig. „Sag mir bitte, wo Lila ist. Du weißt, wie wichtig es ist, dass ihr alle an eurem Platz seid, wenn der Regenbogen am Himmel erscheint." Die Kleine schluchzte auf. „Ich kann nichts dafür", wimmerte sie. Die Sonne legte den Arm um das weinende Kind. „Wofür kannst du nichts?", fragte sie mitfühlend. „Ich kann nichts dafür, dass sie vom Regenbogen gefallen ist", jammerte Zitronengelb.

Der Sonne verschlug es den Atem. „Sie ist ..... was?" Zu der schluchzenden Zitronengelb gesellte sich Himmelblau, baute sich schützend vor ihrer unglücklichen Freundin auf und sah der Sonne mutig in die Augen. „Sie ist leider vom Regenbogen gefallen", erklärte sie mit fester Stimme. „Wir sind ein bisschen durcheinander gelaufen anfangs. Nur Lila stand wieder sofort an ihrem Platz und war so furchtbar brav, wie sie es immer ist. Und da haben wir sie wohl ein wenig geschubst. Und dann ... und dann..." Unter dem fassungslosen Blick der Sonne kam Himmelblau nun doch ins Stottern. „Und dann ist sie vom Regenbogen gefallen", beendete Zitronengelb leise den Satz ihrer Freundin und ließ den Kopf hängen. „Das ist ja entsetzlich", keuchte die Sonne. „Nicht nur, dass ihr eure Freundin gestoßen habt, als sie nichts weiter getan hat als ihre Pflicht. Ihr habt auch ...." „Nein, so war das nicht", protestierte Himmelblau sofort. „Wir sitzen manchmal für so lange Zeit in unseren Tropfen und warten darauf, dass wir endlich wieder zum Einsatz kommen. Da brauchen wir erst ein wenig Bewegung, bevor wir unsere Plätze einnehmen. Nur Lila steht sofort da, hält ihren Schleier hoch und verpetzt alle anderen bei dir, die es nicht so machen. Sie ist eine Streberin!" Die Sonne nickte nachdenklich. Ja, das war ihr auch schon aufgefallen, Lila petzte gern.

„Trotzdem hättet ihr sie nicht vom Bogen stoßen dürfen", flüsterte sie. „Wenn Lila nicht innerhalb von 24 Stunden bei uns ist, erlischt der Wunschtopf mit dem Elfengold am Fuße des Regenbogens." Zitronengelb und Himmelblau lugten vorsichtig über den Rand des Regenbogens, an dessen Ende unberührt und geheimnisvoll der Topf mit dem Elfengold schimmerte. Leise Musik erfüllte die Luft, als sich ein in allen Regenbogenfarben schimmernder Wassertropfen aus ihm löste, während das Gold im Topf aufleuchtete. Ein Wunsch machte sich auf den Weg zur Erde. „Wäre das schlimm?", erkundigte sich Zitronengelb verzagt. Die Sonne nickte betrübt. „Oh ja. Niemand auf der Erde wird sich jemals wieder etwas wünschen können." „Na und?" Himmelblau lachte. „Das kann für die Erde doch nur gut sein. Wir wissen doch alle, wie oft es Streit gibt, weil sich die Menschen Macht wünschen und Reichtum und nie genug bekommen, immer mehr, immer mehr!" Atemlos hielt sie inne und schüttelte dann energisch den Kopf. „Nein, Sonne, lass Lila, wo auch immer sie ist. Lass das Gold im Topf schwarz werden." Die Sonne erhob sich und nahm die widerstrebende Himmelblau an der Hand. „Komm mit, Kind, ich muss dir etwas zeigen." Sie führte das Regenbogenkind zu einem kleinen Fenster im Regenbogen und öffnete es. „Sei vorsichtig", mahnte sie, als die vorwitzige Himmelblau sofort die Gelegenheit nutzte, sich weit hinauszulehnen. „Ich sehe nichts", maulte Himmelblau. „Was soll ich hier?" Die Sonne hob die Hand und das Fenster füllte sich mit Bildern aus der Welt unter dem Regenbogen. Eine Mutter beugte sich über das Bett ihres kranken Kindes. „Ich wünschte, du würdest wieder gesund, mein kleiner Liebling", sagte sie und strich dem kleinen Mädchen über die fieberheiße Stirn. Auf einem Bahnsteig standen ein Mann und eine Frau beieinander. „Ich wünsche dir eine gute Reise", sagte er und nahm sie in die Arme. Zwei Frauen saßen auf einer Bank und hielten sich an den Händen. „Ich weiß, dass du gerade eine schwere Zeit durchstehen musst, meine Schwester. Ich kann dir nicht helfen, aber ich wünsche dir viel Kraft und Stärke." Die Bilder folgten rasch aufeinander. Immer wieder sah und hörte Himmelblau Menschen , die sich Gutes wünschten und die nicht selbstsüchtig ihre eigenen Ziele verfolgten. Beschämt richtete sie sich auf und sah die Sonne an. „Du hast Recht", sagte sie leise. „Lass uns auf die Suche nach Lila gehen. Aber wie sollen wir sie finden, die Welt ist groß?" Die Sonne zuckte verzagt die Schultern.

„Ich glaube, ich weiß, wie wir sie finden können." Die dicke Regenwolke, die bis dahin geschwiegen hatte, fuchtelte aufgeregt mit den weichen Armen. „Ich bitte den Wundertätigen Wassertropfen, sie zu suchen." Die Sonne strahlte. „Das ist eine gute Möglichkeit. Wir haben den Wundertätigen Wassertropfen so lange nicht gebraucht, dass ich ihn völlig vergessen hatte. Wo ist er überhaupt?" Die Regenwolke zog einen Ring mit einem großen grauen Stein vom Finger. Vorsichtig hob sie den Stein an und schüttelte sich einen schlafenden Wassertropfen auf die Hand. „Hier ist er", sagte sie leise und pustete sanft über ihre Handfläche. Der Wassertropfen erwachte, gähnte und reckte sich. „Meisterin", sagte er verschlafen. „Du hast mich gerufen. Was soll ich tun?" „Wundertätiger Wassertropfen, wir brauchen deine Hilfe", sagte die Wolke feierlich. „Lila ist vom Regenbogen gefallen. Bitte suche sie und bringe sie zurück zu uns. Eile dich, denn wir haben nicht viel Zeit." Der Wundertätige Wassertropfen nickte. „Ich weiß, das Elfengold im Wunschtopf erlischt, wenn auch nur ein Regenbogenkind fehlt. Verzagt nicht, ich beeile mich." Er kletterte auf den höchsten Punkt der Wolke, schloss die Augen und konzentrierte sich. „Was tut er?", flüsterte Zitronengelb aufgeregt. „Psssst", zischte die Wolke, „stör ihn nicht. Er sucht Lila." „Aha, alles klar", sagte Zitronengelb verwirrt und verstand nichts. In diesem Moment öffnete der Wundertätige Wassertropfen freudestrahlend die Augen und verkündete: „Ich habe sie gefunden. Sie sitzt in der Kanalisation." „Wo?", fragte Himmelblau interessiert. „In der Kanalisation", wiederholte der Wundertätige Wassertropfen. Zitronengelb starrte ihn mit offenem Mund an. „Diesen Ort kenne ich nicht. Wo liegt er?" Der Wundertätige Wassertropfen räusperte sich wichtig und hob den Finger. „Die Kanalisation", dozierte er, „ist kein Ort, sondern eine Örtlichkeit. Das musst du unterscheiden." Nun war selbst die Sonne verdutzt, während die Wolke in sich hinein grinste. „Lass mich erklären", sagte sie. „Du bist manchmal ein wenig umständlich." Der Wundertätige Wassertropfen schwieg beleidigt. „In der Kanalisation wird das Regen- und auch das Schmutzwasser gesammelt. Es ist kein sehr angenehmer Ort." Der Wundertätige Wassertropfen hob wieder den Finger. „Örtlichkeit", verbesserte sich die Wolke eilig. „Ich meine Örtlichkeit."

„Wie auch immer", sagte die Sonne ungeduldig. „Für diese Spitzfindigkeiten haben wir wirklich keine Zeit. Wundertätiger Wassertropfen, bring Lila zurück." Sorgenvoll musterte sie den Topf mit dem Elfengold am Fuße des Regenbogens. Das Gold leuchtete schon längst nicht mehr so hell. „Und eile dich. Du weißt, was zu tun ist." Der Wundertätige Wassertropfen nickte, tauschte einen Blick mit der Wolke, die ebenfalls nickte, und sprang in die Tiefe, während die Wolke einen Regenguss hinterher schickte. Getragen von seinen nassen Brüdern und Schwestern, reiste der Wundertätige Wassertropfen zur Erde.

Während im Himmel alles zu ihrer Rettung vorbereitet wurde, hockte Lila trübsinnig am Ende eines Abflussrohres und fror. Dicke Tränen rollten über ihre Wangen, während sie zu verstehen versuchte, was ihr eigentlich passiert war. Ihre Ahnung, dass sie von ihren Schwestern nicht gerade geliebt wurde, hatte sich bitterlich bestätigt. Den Stoß, der sie vom Regenbogen zur Erde beförderte, hatte sie sehr wohl bemerkt, und ihr Schmerz beschränkte sich nicht nur auf die blauen Flecken, die sie sich bei ihrem unsanften Aufprall eingehandelt hatte. Zitternd vor Kummer und Kälte wickelte sie sich in die schmutzigen Lumpen, die einmal ihr zarter lilafarbener Schleier gewesen waren und starrte in das trübe Wasser, das an ihren Füßen vorüberfloss. Plötzlich merkte sie auf und schaute angestrengt in die dunklen Fluten, deren gleichmäßiger Fluss von einem kleinen grauen Wesen aufgewühlt wurde, das strampelnd und schnaufend auf Lila zupaddelte. Lila verfolgte mit schief geneigtem Kopf interessiert, wie ein nasser und nicht sehr angenehm riechender Vierbeiner sich auf den Betonboden kämpfte, auf dem sie saß. „Wer bist du?", fragte sie ratlos. Das graue Fellbündel schüttelte sich, dass die Tropfen nur so flogen, richtete sich auf die Hinterbeine und streifte mit kleinen rosa Pfötchen die Nässe aus dem Fell. „Wer bist du?", wiederholte Lila. Der kleine Graue ließ sich auf alle vier Pfoten plumpsen, nieste, schüttelte sich erneut und strahlte sie breit an. „Ich bin Jonathan", sagte er. „Jonathan, die Kanalratte." Er musterte Lila und grinste noch breiter. „Schreist du jetzt?" Lila schüttelte erstaunt den Kopf. „Warum sollte ich schreien?" „Weil alle Zweibeiner schreien, wenn sie mich sehen. Manche fallen sogar vor Schreck um", erklärte Jonathan wichtig. Lila lachte. „Warum? Du bist doch niedlich." Jonathan sauste zum Rand der Betonrinne und versuchte, sich in dem trüben Wasser zu spiegeln. Dann kehrte er zu Lila zurück und lächelte schüchtern. „Ehrlich? Du findest mich niedlich?" Lila nickte heftig. „Du hast weiches Fell, glänzende Augen, eine entzückende rosa Nase, zarte Pfötchen, hübsche kleine Ohren. Ich finde dich sehr niedlich." Jonathan schniefte. „Das hat noch niemand zu mir gesagt. Ich bin immer ganz allein." Lila nickte verständnisvoll. „Ich weiß, wie du dich fühlst", sagte sie leise. Jonathan krabbelte an ihre Seite und schmiegte sich an sie. „Ich wünschte, du wärest meine Freundin", sagte er sehnsüchtig. Lila schloss die Augen und streichelte das weiche graue Fell. „Ich bin deine Freundin", sagte sie.

Im Himmel zeigte Zitronengelb aufgeregt auf den Wunschtopf, der, schon sehr dunkel geworden, plötzlich wieder aufleuchtete. „Schaut doch, der Topf!", jubelte sie und klatschte in die Hände. Die Sonne lächelte. „Das ist ein gutes Zeichen. Lila hat einen Freund gefunden." „Lila?" Himmelblau lachte ungläubig. „Lila – einen Freund? Die Streberin, die Petze? Das glaube ich nicht." Die Sonne sah sie streng an. „Ach so, du glaubst es nicht? Aber du bist dir ganz sicher, dass ihr euch dem armen Kind gegenüber richtig verhalten habt? Wer hat sie denn immer ausgeschlossen und zu allem Überfluss auch noch vom Regenbogen geschubst und uns alle in diese unangenehme Lage gebracht?" Die dicke Wolke nickte vorwurfsvoll. Himmelblau schluckte, senkte den Kopf und wurde sehr nachdenklich.

Der Wundertätige Wassertropfen hatte mittlerweile die Erde erreicht. Um schneller voranzukommen, hatte er sich im Fell eines graugetigerten Katers festgeklammert, der auf der Suche nach Nahrung durch die engen Straßen der Stadt streifte, in der Lilas unfreiwillige Reise ihr Ende gefunden hatte. Hungrig durchstöberte er die Mülltonnen in den grauen Hinterhöfen und maunzte kläglich die Menschen an, die an ihm vorübereilten. Eine Frau blieb stehen und beugte sich zu dem Kleinen hinunter. „Na, Katerchen?", sagte sie freundlich. „Warum weinst du denn so laut?" Der kleine Kater fasste wieder Mut und umstrich schnurrend ihre Beine. Die Frau schrie auf: „Igitt, bist du nass, komm mir bloß nicht zu nah. Flöhe hast du bestimmt auch." Sie schnappte ihren Einkaufsbeutel, den der Kleine schon hoffnungsvoll gemustert hatte, und lief davon, ohne noch weiter auf das klägliche Jammern des Katerchens zu achten. „Du bist aber tatsächlich ganz schön schmutzig", sagte der Wundertätige Wassertropfen. Der Kater hörte auf zu weinen und lauschte aufmerksam. „Hat da jemand mit mir gesprochen?" Der Wundertätige Wassertropfen hangelte sich durch das struppige Fell. „Ja, ich", flüsterte er. Der Kater legte den Kopf schräg und musterte angestrengt das Abflussrohr, neben dem er saß. „Bist du da drin?", fragte er ängstlich. „Nein", sagte der Wundertätige Wassertropfen, „ich sitze neben deinem Ohr." Der Kater erstarrte. „Wer bist du? Was willst du von mir?" Der Wundertätige Wassertropfen lächelte. „Hab keine Angst, Kleiner", sagte er begütigend. „Ich brauche deine Hilfe." „Meine Hilfe?", wiederholte der Kater ungläubig. „Ich kann noch nicht einmal mir selbst helfen. Niemand liebt mich, ich friere, ich bin hungrig." „Du hast vier Beine, und du hast Augen, die im Dunkeln sehen können", sagte der Wundertätige Wassertropfen. „Das ist viel mehr, als ich zu bieten habe. Ich bin bloß ein Wassertropfen, der allein nicht vorankommt." Der Kater nickte eifrig. „Ich will dir gern helfen", schnurrte er. „Was soll ich tun?" „Bring mich in die Kanalisation", sagte der Wundertätige Wassertropfen. „Dort sitzt Lila, das Regenbogenkind. Und eile dich, alles andere erkläre ich dir unterwegs." Der Kater nickte schweigend und rannte so schnell los, dass der Wundertätige Wassertropfen fast aus dem Fell gepurzelt wäre.

Als sie den Eingang der Kanalisation erreicht hatten, kannte der kleine Kater Lilas Geschichte und hatte auch genug über das Elfengold und den Wunschtopf erfahren, um sich noch mehr zu beeilen. Atemlos tauchte er ein in die dunkle, feuchtglänzende Welt der Abflussrohre unter der Stadt und suchte das verlorene Kind. Er bog um Ecken, eilte durch lange Röhren, sprang über Abflussgräben. Plötzlich hielt er inne und spitzte die Ohren. „Ich höre Stimmen", sagte er leise. „Dort hinten ist jemand. Ich sehe auch ein farbiges Licht." Der Wundertätige Wassertropfen nickte aufgeregt. „Ich habe auch etwas gehört. Das kann nur Lila sein." Der Kater setzte sich wieder in Trab. Je näher sie kamen, desto heller leuchtete das Licht im Dunkel des Abflussrohres. Der Wundertätige Wassertropfen jubelte erleichtert auf. Dort saß Lila, schmutzig, mit zerrissenem Schleier, aber wohlauf. An ihrer Seite kuschelte ein kleines graues Fellbündel, das entsetzt aufsprang, als sie sich näherten. Lila hob erschrocken den Kopf und musterte den Kater, der mit schmalen grünen Augen vor ihr stand. Jonathan versteckte sich wimmernd hinter ihrem Rücken. Der Kater seufzte ungeduldig. „Leg die Hände zusammen", sagte er zu Lila, ohne auf den jammernden Jonathan zu achten. „Was soll ich?", fragte Lila verdutzt. „Mach eine Schale aus deinen Händen", wiederholte der Kater. Lila fügte gehorsam ihre Hände zusammen und hob sie dem Kater entgegen. Der Kater schüttelte sich vorsichtig. Aus seinem Fell löste sich ein großer, glänzender Wassertropfen und platschte funkelnd in die zusammengelegten Kinderhände. Dort klammerte er sich am Daumen fest und grinste vergnügt. „Hallo, Lila. Schön, dass wir dich gefunden haben." „Der Wundertätige Wassertropfen, welche Ehre", sagte Lila verblüfft und ließ ihn vorsichtig zu Boden gleiten.

Dann drehte sie sich um und schubste den wimmernden Jonathan, der sich immer noch in den Schatten drückte und hoffte, möglichst übersehen zu werden. „Wieso machst du solch einen Lärm?", fragte sie interessiert. Jonathan streckte eine zitternde Pfote aus und deutete auf den Kater, der beiläufig zur Decke schaute. „Ein Kater", jaulte er. „Ein struppiger, magerer, hungriger Kater!" „Na und?" Lila schüttelte den Kopf. Der Kater richtete den Blick seiner leuchtenden grünen Augen auf das Regenbogenkind. „Der denkt tatsächlich, ich will ihn fressen, der Spinner", informierte er Lila herablassend.

„Ich bekomme mein Essen jeden Tag auf Silbertellern serviert. Ich bin gar nicht angewiesen auf dünne Kanalratten, denen sich die Rippen durch das Fell drücken. Ist doch nichts dran an dem Kerl." Schlagartig hörte Jonathan auf zu jammern und richtete sich auf. „Hast du dich schon mal selbst angesehen, du, du ......" Er holte tief Luft. „Wie heißt du überhaupt?" Der Kater senkte bedrückt den Kopf, all seine Aufgeblasenheit fiel von ihm ab. Der Wundertätige Wassertropfen sah ihn gespannt an und lächelte aufmunternd. „Erzähl schon", sagte er leise. Wie ein Sturzbach brach es aus dem Kater heraus. Er berichtete von seiner harten Kindheit in den Hinterhöfen der Großstadt, von seiner Mama, die es nicht schaffte, ihre vielen Kinder zu ernähren, und die eines Tages von ihrer Suche nach Essen nicht wiedergekehrt war, von seinen vergeblichen Versuchen, ein Heim zu finden, von seiner Einsamkeit und seinem Hunger, von seinen Hoffnungen und Träumen, die sich bis jetzt nicht erfüllt hatten, und davon, dass ihm noch niemand einen Namen gegeben hatte, weil er zu niemandem gehörte. Jonathan vergaß seine Angst und streichelte mitfühlend das weiche Fell. „Ich gebe dir einen Namen. Du sollst Leon heißen." Der Kater lauschte dem Klang des Namens nach. „Leon. Das ist schön." Er drückte die Ratte an sich. „Ich wünschte, du wärest mein Freund", sagte er inbrünstig. Jonathan lächelte. „Ich bin dein Freund."

Auch dieser Wunsch erreichte den Topf und ließ das Gold auffunkeln. Die Sonne lachte glücklich. „In Lilas Nähe haben sich wieder zwei Freunde gefunden. Das schenkt uns ein paar Stunden mehr Zeit!" Himmelblau spähte angestrengt durch das Fenster im Regenbogen. „Wo ist sie nur? Und wo ist der Wundertätige Wassertropfen?" Die Wolke tätschelte ihr beruhigend die Schulter. „Hab Geduld, Kind. Alles wird gut werden."
In den Tiefen der Kanalisation machten sich die Freunde auf den Weg an die Oberwelt. Lila barg den Wundertätigen Wassertropfen vorsichtig zwischen ihren Händen und kletterte auf den Rücken von Leon, Jonathan klammerte sich ängstlich an den Schwanz seines neuen Freundes. Er wäre viel lieber in der Kanalisation geblieben, die Welt oberhalb war ihm fremd und unheimlich. Aber der Wundertätige Wassertropfen hatte darauf bestanden, dass er mitkam. „Du wirst gebraucht", hatte er gesagt. Lila hatte ihn angelächelt, Leon schnurrend seinen Kopf gestreichelt. Und da Jonathan nur die Wahl hatte zwischen erneuter Einsamkeit in der vertrauten Umgebung und einem Leben mit Freunden in einer Welt, die er nicht kannte und fürchtete, entschied er sich mit bangem Herzen schließlich für die neuen Freunde und die Gefahr. Mühselig schlängelte sich der kleine Zug durch die verwinkelten Gänge, überquerte tiefe Gräben, tastete sich an glitschigen Wänden entlang. Endlich lichtete sich das Dunkel, konnten sie tief reine Luft einatmen. Sie hatten es geschafft.

Jonathan musterte kichernd seine Gefährten. „Ich glaube, von uns allen sieht der Wundertätige Wassertropfen noch am besten aus. Und selbst der ist etwas trübe geworden." Die anderen sahen sich an und stimmten in sein Gelächter ein. „Ich weiß gar nicht, was du hast", prustete Leon. „Dieser edle Dreck, dieser Duft nach bestem städtischem Abwasser!" Er stolzierte mit hoch erhobenem Schwanz die Straße hinunter und um die Ecke. Die anderen hielten sich noch die Bäuche vor Lachen, als er mit schreckgeweiteten Augen und buschigem Schwanz wieder zurückgesaust kam. Hysterisch fauchend versuchte er, sich hinter dem kleinen Jonathan zu verstecken. „Was ist dir denn über den Weg gelaufen?", fragte Lila verdutzt. „Ein Hund", keuchte Leon, „ein riesiger Schäferhund!" Lila und Jonathan starrten zur Straßenecke, um die tatsächlich in diesem Moment ein großer Hund getrottet kam und, die Nase am Boden, schnurstracks auf sie zulief. Der Wundertätige Wassertropfen lachte leise. „Das ist gut", sagte er. „Das ist sehr gut."

Dieser Ansicht war Leon absolut nicht. Er suchte immer noch panisch nach einem Baum, auf den er sich in Sicherheit bringen konnte, fand aber keinen und klammerte sich statt dessen weiter an Jonathan fest. Sicherheitshalber schob er auch noch Lila zwischen sich und den großen Hund, der, zwar die Ursache der ganzen Aufregung, aber trotzdem ahnungslos, freundlich mit der Rute wedelnd vor ihnen stand. Aus der Nähe war er noch beeindruckender. Lila schaute respektvoll zu ihm auf und verneigte sich leicht. Der Wundertätige Wassertropfen hüpfte aus ihren Händen und kullerte mutig auf den mächtigen Kopf zu, der sich ihm zuneigte. „Erzähl uns deine Geschichte", forderte er den Hund auf und drehte sich zu seinen Gefährten um. „Hört ihm gut zu."

Der Hund legte sich seufzend nieder. „Mein Name ist Artus", begann er. „Ich bin ein Geschenk, ein Geburtstagsgeschenk für ein kleines Mädchen." Er stockte, überlegte kurz und verbesserte sich dann. „Nein, ich war ein Geburtstagsgeschenk. Die Eltern wollten einen Spielgefährten für ihre Tochter und haben mich gekauft, als ich noch ein niedlicher kleiner Welpe war." „Doch dann bist du gewachsen", unterbrach ihn Lila mitfühlend. Der Hund nickte. „Ja, ich wurde größer und größer. Das kleine Mädchen wollte nicht mehr mit mir spielen, weil ich ihr zu groß und stark war. Sie fürchtete sich vor mir. Ich musste aus dem Haus ausziehen und wurde in einen Stall im Garten gebracht. Tag und Nacht rief ich nach meiner Familie und versprach, dem kleinen Mädchen nichts zu tun. Aber sie verstanden mich nicht und die Nachbarn beschwerten sich über den Lärm. Der Vater brachte mich in den Wald und band mich an einem Baum fest. Ich zerbiss die Leine und kehrte zu ihnen zurück. Aber sie hatten schon einen neuen Hund, einen kleinen, einen, der nicht so groß werden wird wie ich. Sie verscheuchten mich." Der Hund

12

winselte leise. „Sie warfen mit Steinen nach mir", setzte er hinzu und sah Lila schmerzerfüllt an. „Dabei mochte ich das kleine Mädchen so gern. Ich hätte ihr nie ein Leid zugefügt, nie."

Die Gefährten schwiegen erschüttert. Leon wagte sich hinter Lilas Rücken hervor und umstrich schnurrend Artus Beine. „Sei nicht traurig, du bist nicht mehr allein", maunzte er. Artus versuchte erfolglos, sich möglichst klein zu machen. „Ich wünschte, du wärest mein Freund", flüsterte er. Leon rieb seinen kleinen Kopf an dem großen des Hundes. „Ich bin dein Freund."

Der Wundertätige Wassertropfen lachte glücklich. „Wir sind ein großes Stück vorangekommen auf dem Weg nach Hause." Lila sah ihn verdutzt an. „Richtig! Daran habe ich gar nicht mehr gedacht. Ich muss ja wieder auf den Regenbogen." Sie schwieg und ließ den Kopf hängen. „Schade, ich war so glücklich, endlich Freunde gefunden zu haben." Jonathan tätschelte ihre Hand. „Du weißt ja jetzt, wie es geht. Nur Mut, auch für dich wird sich vieles ändern. Da bin ich mir ganz sicher." „Aber ich verstehe trotzdem nicht, warum wir vorangekommen sein sollen", wandte Leon ein. „Bis jetzt sind wir nur aus der Kanalisation gekrabbelt. Und von dort bis zum Regenbogen ist es noch ein weiter Weg." Der Wundertätige Wassertropfen schüttelte den Kopf. „Der Weg ist nicht weit, nur schwierig." „Du sprichst in Rätseln", sagte Jonathan ungeduldig. „Warum schwierig?" Der Wundertätige Wassertropfen seufzte. „Weil wir jetzt noch zwei Menschen finden müssen." „Menschen?", echoten die anderen und sahen ihn verständnislos an. Der Wundertätige Wassertropfen nickte. „Menschen. Und nicht irgendwelche. Es müssen zwei sein, ein Mann und eine Frau. Sie müssen dreimal zwanzig Jahre miteinander verbracht haben, sie müssen die Tiere lieben und die Natur achten. Sie müssen offene Ohren und offene Herzen für die Sorgen und Nöte anderer haben." Leon nickte verständnisvoll. „Diese Menschen zu finden, wird wirklich schwierig. Eigentlich ist es fast unmöglich." „Ist es nicht", mischte sich Artus ein und sprang eifrig auf. „Ich kann euch helfen." Der Wundertätige Wassertropfen hüpfte ihm entschlossen in den Nacken und klammerte sich fest. „Dann sollten wir jetzt keine Zeit mehr verlieren. Los geht's."

Sie flogen dahin wie der Wind, der Wundertätige Wassertropfen und Lila kauerten auf dem Rücken des Hundes, Jonathan ließ sich von Leon tragen. Sie verließen die Stadt und sausten über Landstraßen, durch Wälder und über Felder hin zu einem Haus, das in einer kleinen Siedlung am Rande eines Dorfes stand. Am Zaun, der den großen Garten einrahmte, blieb Artus stehen. „Hier ist es", sagte er heftig schnaufend und spähte durch die Holzlatten. Auch Jonathan, Leon und Lila versuchten, einen Blick in den Garten zu erhaschen. „Wo sind sie?", flüsterte Lila gespannt. „Ich sehe sie", murmelte Artus und sprang am Zaun hoch. Aus dem Schatten der hohen Eiche, die das Grundstück beherrschte, lösten sich zwei Gestalten und näherten sich langsam dem Zaun. Lila seufzte sehnsüchtig. „Oh ja, das müssen die Menschen sein, von denen der Wundertätige Wassertropfen gesprochen hat. Genau so müssen sie aussehen." Mittlerweile waren die beiden Menschen am Zaun angekommen. Die Frau lächelte und streichelte dem Hund über den Kopf: „Nun, mein Freund, hast du wieder Hunger?" Der Mann beugte sich über den Zaun und musterte erstaunt die kleine Gesellschaft, die davor versammelt war. Lila, die den Wundertätigen Wassertropfen in den Händen trug, Jonathan und Leon, die eng aneinander gekuschelt und furchtsam zu ihm aufschauten.

„Käti, schau doch mal", sagte er zu seiner Frau, die sich nun ebenfalls über den Zaun beugte. „Ich glaube, da braucht jemand unsere Hilfe", lächelte sie. „Kommt herein, fürchtet euch nicht. In diesem Garten wird euch nichts Böses geschehen." Sie öffnete das Tor und ließ die kleine Gesellschaft herein. Als sie den Garten betraten, fiel alle Angst von ihnen ab. „Ich kenne dich", sagte der Mann zu dem Wundertätigen Wassertropfen. „Als ich vor vielen, vielen Jahren noch ein kleiner Junge mit langen blonden Locken war, hing in der Schusterwerkstatt meines Großonkels eine mit Wasser gefüllte Kugel, in der sich das Licht in tausend Farben spiegelte. Das warst du, nicht wahr?" Der Wundertätige Wassertropfen nickte. „Ja, ich war einmal eine Glaskugel, die ein kleiner Junge mit großen Augen betrachtet hat und in der er seine Wünsche und Träume sehen konnte. Aber eines Tages ist der kleine Junge nicht mehr gekommen. Ich habe mich aufgemacht, ihn zu suchen, und bin auf meiner Reise zu der Wolke gekommen, die mich aufgenommen hat. Wo warst du so lange?" „Ich bin erwachsen geworden", sagte der alte Mann leise. „Viele Jahre lang habe ich keine Zeit mehr gehabt, an meine Träume zu denken." Die Frau nickte. „Aber nun, da wir alt geworden sind, kehren sie zurück, alle Träume, alle Wünsche unserer Jugend. Und sie haben nichts von ihrer Leuchtkraft verloren, in all den Jahren nicht. Zeit hat keine Bedeutung mehr, wenn man so reich an Jahren ist wie wir, wisst ihr?", sagte sie. „Ja", sagte der Mann, „nun sind wir schon sechzig Jahre miteinander verheiratet, und ich habe immer noch das Gefühl, dass ich dich gestern erst kennengelernt habe." Die alte Frau wandte sich an Lila: „Die Wünsche werden kleiner, wenn du alt bist." Sie tauschte einen Blick mit ihrem Mann und lächelte erneut. „Oder größer, wie auch immer du es sehen willst. Wir wünschen uns eigentlich nur noch eines: zusammen zu sein, in Liebe und Freundschaft verbunden. Ist das ein großer oder ein kleiner Wunsch, was meinst du?"

Lila schaute mit leuchtenden Augen zu dem alten Ehepaar auf. „Euch haben wir gesucht. Ihr könnt helfen, dass ich wieder zurück auf den Regenbogen komme." „Oh, ihr könnt noch sehr viel mehr tun", mischte sich der Wundertätige Wassertropfen ein. „Nichts geschieht ohne Grund. Lilas Sturz vom Regenbogen hat uns zu euch geführt. Von nun an werdet ihr die Hüter des Wunschtopfes sein. Ihr habt die Weisheit, ihn gut zu verwalten, bei euch sind alle Wünsche und Träume in guten Händen." Er schaute hinauf zur Sonne, die sich in diesem Moment strahlend über der Eiche erhob, neben sich die Wolke, die einen Dunstschleier über die Zweige warf. Lila schloss die Augen und hob die Hände, in denen der Wundertätige Wassertropfen in allen Regenbogenfarben aufleuchtete. Jonathan, Leon und Artus standen dicht beieinander, das alte Ehepaar fasste sich bei den Händen. Und während sich am Himmel langsam ein Regenbogen zeigte, wünschten Menschen und Tiere gemeinsam das Regenbogenkind zurück in seine Heimat. Hell schimmerte der Regenbogen, als Lila ihren Platz zwischen den Freundinnen einnahm, und an seinem Ende glänzte der Wunschtopf am Fuße der Eiche.

Der Frosch im Gartenteich

Schön ist der Teich. Auf seiner Oberfläche haben sich die Seerosen ausgebreitet und halten ihre niedlichen Blütengesichter in die Sonne. Eine buntglänzende Libelle kommt wie ein kleiner Hubschrauber angeknattert und landet auf einem Seerosenblatt. Dicke Hummeln krabbeln aus dem blühenden Busch am Rand des Teichs und brummen davon, den braungelben Pelz voller Blütenstaub. Eine junge Birke steht am Rand und spiegelt ihre schlanken Zweige mit den vollkommen geformten Blättern im Wasser. Sie ist etwas eitel, die junge Birke. Das Rotkehlchen, das es wagt, sich auf einem ihrer Ästchen niederzulassen, wird mit einem vorwurfsvollen Blätterrauschen bedacht. Das schert das Rotkehlchen aber wenig, es plustert die zarte Brust auf und schmettert ein Liebesliedchen für seine Frau, die gerade mit dem Nestbau in einer Mulde zwischen dem Wurzelwerk des benachbarten Ahorns beschäftigt ist. Am Ende des Gartens - oder an seinem Anfang, je nachdem, aus welcher Richtung man guckt - steht ein hübsches weißes Haus mit einer großen Terrasse. Die Hausbesitzerin gießt gerade ihre Blumen und schaut stolz in ihren schönen Garten.

Aber nicht nur der Garten rund um den Teich ist belebt, auch im Wasser herrscht emsiges Treiben. Ein wunderschönes Schleierschwanzmädchen wedelt an einem dicken Goldfisch vorbei, der sich vor Begeisterung fast an einer Luftblase verschluckt. Ein Sonnenbarschpärchen grast die Algen am Teichboden ab und ein Shubunkin-Pärchen ist auf der Suche nach einem Laichplatz in exklusiver Lage. Die kleine Goldfischmama ist nicht so anspruchsvoll, sie hat ihre Babys schon unter ein Seerosenblatt geklebt und zählt gerade stolz die Eier. Ein Bild des Friedens und der Harmonie!

Da plumpst etwas ins Wasser, etwas Dickes, Grünes. Das Wasser spritzt in einer hohen Fontäne auf. Das arme Rotkehlchen verschluckt sich am hohen C seines Liebesliedes und sitzt da wie ein begossener Pudel. Seine Liebste am Fuße des benachbarten Baumes hat nichts abgekriegt und fällt fast aus dem halbfertigen Nest vor Lachen. „Halt den Schnabel, du alberne Pute", röchelt das Rotkehlchen beleidigt. „Pute - du sagst Pute zu der zukünftigen Mutter deiner Kinder?" Nun ist die junge Ehefrau aber ernsthaft böse. Schmollend drehen sich die beiden den Rücken zu und überlegen, ob sie nicht doch etwas übereilt geheiratet haben. Vier Wochen reichen eben nicht, man sollte sich doch länger prüfen, bis man sich bindet, wenigstens acht Wochen. Die kleine Birke schaut schockiert in ihr wildbewegtes Spiegelbild. So verzerrt sieht sie aus, so verzerrt???

Aber nicht nur am Teichrand spielen sich Dramen ab, auch unter der Oberfläche ist das Leben längst nicht mehr so friedlich. Die Goldfischmama kommt mit dem Zählen ihrer Eier durcheinander. Außerdem haben sich einige vom Blatt gelöst und müssen schnell wieder eingefangen und angeklebt werden. Auf der hastigen Jagd nach ihren Kindern rempelt sie mit den Sonnenbarschen zusammen. „Diese jungen Dinger", schüttelt die Sonnenbarschin, eine schon etwas ältere Dame, den Kopf. „Na ja, Else", nickt der Sonnenbarsch bedeutungsvoll, „in dem Alter schon Mutter und dann auch noch alleinerziehend." Das trifft die Goldfischfrau hart. „Ich kann doch nichts dazu, wenn mein Lebensabschnittsgefährte im Aquarium der Tierhandlung bleiben musste!" „Sie haben sich ja ziemlich schnell getröstet, junge Dame", blubbert die Sonnenbarschin spitz und schaut anzüglich auf den attraktiven jungen Goldfisch, der beim Einsammeln der Eier hilft. „Du bist ja bloß neidisch, du alte Schrappnelle", murmelt die kleine Mama. Leider trägt das Wasser die Schallwellen stärker, als ihr bewusst ist. Der Sonnenbarschin bleiben fast die Luftblasen im Hals stecken vor Empörung. „Komm, Ernst, das müssen wir uns nicht bieten lassen", sagt sie majestätisch und wedelt davon. Ernst hätte gern noch etwas gesagt, weiß aber nicht, was, und wedelt hinterher. Die Shubunkins haben nichts verstanden und mischen sich ohnehin nicht ein.

Aber was ist nun die Ursache all dieses Gezanks und Unfriedens? Die Ursache ist mittlerweile keuchend und prustend auf einen Stein in der Teichmitte gekrabbelt und hat dabei die kleine Hubschrauberlibelle vom Seerosenblatt geschubst. „Quaak", sagt die Ursache. „Wat ist denn det hier für ein Laden?" Ein Frosch, ein dicker grüner Frosch!

Eine Amsel betrachtet ihn fasziniert aus sicherer Entfernung mit schiefem Köpfchen. „Wo kommst du denn her?", fragt sie interessiert. „Det weeß ich ooch nich", sagt der Frosch, „irjendwie bin ick aus einem Wetterglas jefallen. Da sollte ick immer die Leiter rauf und runter. War total ätzend. Ick bin wohl mal etwas heftig uff die Leiter jehüppt, da is det Glas umjefallen. Und nu bin ick hier. Quaak." „Meine Güte, welch ein Prolet", schnarrt der Eichelhäher, der nun auch seinen Schnabel nicht mehr halten mag, verachtungsvoll. „Pro – wat?", fragt der Frosch ratlos. „Pro-let", wiederholt der Eichelhäher arrogant, verlässt seinen Beobachtungsposten und schwingt sich in die Luft. „Prolet!" quakt der Frosch begeistert, „Dufte, det jefällt mir. Ick bin een Prolet." Und weil ihm das Wort so gut gefällt, wiederholt er es immer wieder und immer wieder bis in die Nacht hinein, immer wieder, immer lauter.

Plötzlich steht eine große zweibeinige Gestalt in einem merkwürdigen Hemd vor ihm. Dem dicken Frosch verschlägt es die Sprache. „Was bist du denn für ein Schreihals?", fragt die Gestalt freundlich und geht in die Hocke. Es handelt sich um die Hausbesitzerin im Nachthemd, die gerne schlafen möchte, aber immer von dem blökenden Frosch gestört wird. „Bist du ein verzauberter Prinz und ich muss dich küssen?" „Ick bin keen Prinz, ick bin een Prolet. Bleib mich bloß vom Halse", warnt der Frosch bedenklich. Die Hausbesitzerin lächelt, weil das Quaken merklich leiser geworden ist. „Hab keine Angst", sagt sie, geht fort und kommt mit einem Korb zurück. „Ich bringe dich zum Bach am Waldrand, dort wirst du dich wohler fühlen als hier im Garten." Bevor es sich der Dicke versieht, sitzt er im Korb und wird über die Wiese getragen. Am Ufer des Baches hebt ihn die Hausbesitzerin vorsichtig aus dem Korb. Der Frosch hat immer noch Angst, dass er geküsst werden könnte, und verhält sich ruhig. „Hier kannst du bleiben", sagt die Hausbesitzerin, tätschelt ihm den feuchten Kopf und geht in der Hoffnung auf nunmehr ungestörte Nachtruhe zurück.

Der nächste Morgen findet einen glücklichen Frosch im Uferschlamm des Bächleins. Er hat die Fröschin seines Lebens gefunden und ist jetzt ganz heiser, weil er die ganze Nacht Arien gequakt hat. Auch im Garten ist die Welt wieder in Ordnung. Ehepaar Rotkehlchen baut gemeinsam am Nest, die kleine Birke himmelt ihr Spiegelbild auf der nunmehr ruhigen Teichoberfläche an. Auch unter Wasser hat man sich versöhnt. Frau Sonnenbarsch hat der kleinen Goldfischmama angeboten, als Oma für den zahlreichen Nachwuchs zur Verfügung zu stehen. „Wir waren ja alle mal jung", sagt sie. Opa Sonnenbarsch und der Ersatzpapa zählen gemeinsam die Eier, kommen aber über 100 nicht hinaus, weil sie beide in der Schule gefehlt haben, als die Zahlen über 100 durchgenommen worden sind.

Die Hausbesitzerin sieht etwas übernächtigt aus, aber sie gießt ihre Blumen und schaut stolz in ihren Garten. Besonders der Teich ist schön, findet sie, so ruhig und friedlich.

Die Schwalbe

Windzerzaust ducken sich die kleinen, reetgedeckten Häuser in die weiche Dünenlandschaft. Der klare Himmel wölbt sich wie eine blankgeputzte Schüssel über dem Meer. Blau und weiß, so weit das Auge reicht: weiße Dünen, blaues Meer, weiße Schaumkronen, blauer Himmel, weiße Schäfchenwolken. Und Sonne – Sonne!! Die Bewohner des kleinen Dorfes am Meer sind wahrlich nicht verwöhnt. Meistens ist der Sommer hier doch nur ein grün angestrichener Winter mit heftigen Regenfällen, Sturmböen und so richtigem Schmuddelwetter. Aber in diesem Jahr werden sie schon seit Wochen von einem „Jahrhundertsommer", wie ihn die Wetterfrösche nennen, verwöhnt. Ach, da macht das Leben doch gleich sehr viel mehr Freude, wenn man sich nicht immer die dicken Gummistiefel anziehen muss und die gelben Öljacken, wenn die Fensterscheiben in der Sonne blitzen und nicht trübe im Regen vor sich hinfunzeln. Die Fischer zeigen fast südländisches Temperament, wenn sie des Morgens mit ihren Booten auf das Meer hinausfahren. Ihre Frauen können ihre Wäsche an der frischen Luft trocknen, ohne ständig ängstlich den Himmel nach der nächsten Regenwolke abzusuchen. Und die Kinder schwelgen im Sommerglück, das nur von den ebenso täglichen wie lästigen Schulgängen unterbrochen wird.

In den Gärten stehen die Blumen zur Freude der Bienen in vollster Blüte und die Mücken schwirren zur Freude der Schwalben in der sonnendurchtränkten Luft. Da! Schon wieder schießt ein eleganter Flugkünstler in einen Mückenschwarm und hält reiche Ernte. Der alte Fischer, der vor seinem Haus auf einer Bank in der Sonne sitzt, nimmt bedächtig die Pfeife aus dem Mund: „Schau einmal, Deern, die Schwalben fliegen hoch! Das Wetter bleibt gut." Seine Schwiegertochter lacht aus dem Fenster heraus: „Ach, Vaddern, du aber immer mit deinen Sprüchen." „Doch, Deern, glaub es einem alten Seebewohner. Bei schlechtem Wetter fliegen die Schwalben niedrig, man gerade so in Kniehöhe. Da berühren die Flügelspitzen sogar das Wasser. Bei gutem Wetter fliegen sie höher. Das ist nu mal so." „Du hast recht, Vaddern", sagt die Schwiegertochter nachdenklich. „Wenn ich mir das so recht besehe, stimmt das sogar. Aber warum ist das wohl so?" Der Alte grinst: „Sie folgen den Mücken, du Döspaddel, die fliegen doch in der Sonne höher! Hast wohl in der Schule nicht aufgepasst?" Nachdenklich schaut er der kleinen Schwalbe hinterher, die genug Mücken geerntet hat und jetzt in Richtung Heimat strebt. „Wo Schwalben nisten, wohnt das Glück. Nimm nie ein Schwalbennest aus, Deern, es hält die Blitze von unserem Haus fern. Hast du auch in diesem Jahr Brettchen unter das Stallgebälk genagelt und ein Schlupfloch zum Stall offengelassen?" „Hab ich, Vaddern", beruhigt ihn seine Schwiegertochter.

„Es wäre aber gar nicht nötig gewesen, unsere Schwalbenfamilie vom letzten Jahr hat ihr altes Nest wieder bezogen." „Gut", seufzt der alte Fischer zufrieden und lehnt sich mit geschlossenen Augen auf seiner Bank zurück. Ach, dass ihm das Leben noch viele so schöne Sommer schenkt!

Nicht nur in der Kate des alten Fischers hat ein Schwalbenpärchen sein Nest bezogen. Auch im übrigen Dorf herrscht reges Treiben. Anstrengend ist so ein Schwalbenleben. Da haben sie gerade den weiten Weg von Südafrika bis in den Norden Deutschlands mit eigener Flügelkraft hinter sich gebracht, da müssen sie sich schon wieder um den Hausbau kümmern. Nicht alle finden schließlich ihr Nest vom letzten Jahr vor, das nur entrümpelt und ausgebessert werden muss. Viele müssen sich eine neue Nistmöglichkeit suchen. In dem kleinen Fischerdorf gibt es gottlob noch genug Gebälk und Mauervorsprünge zum Nestbau. Nur während der Bauzeit lassen sich die kleinen Flieger auf den Boden nieder, um an aufgeweichten Stellen Erdklümpchen zu sammeln, die sie einen nach dem anderen zum Bauplatz tragen. Mit ihrem klebrigen Speichel durchkneten sie den Lehm und mauern mit diesen selbst hergestellten Lehmsteinen die Nestwand. Und wenn sie noch einige Hälmchen, Federn und Haare erwischen – um so besser! Die backen das kleine Haus fest und sicher zusammen. In acht Tagen ist der Neubau bezugsfertig und die Schwalbenmama kann ihre Eier ablegen. Vier bis fünf sind es meistens, ein reicher Kindersegen!

Ein junges Schwalbenpärchen fliegt jedoch bis jetzt erfolglos von Nistplatz zu Nistplatz. Niedlich ist sie, zierlich und graziös, mit einem dunklen Köpfchen und schneeweißer Brust. Der dunkle Schwanz zeigt eine perfekte Gabelung. Auch der kleine Schwälberich ist ein ausgesprochen hübscher junger Mann. Sie sind etwas später eingetroffen als die anderen, weil die junge Ehefrau sehr zart ist und nicht so schnell fliegen konnte wie die anderen. Ihr besorgter Ehemann ist immer an ihrer Seite geblieben und hat ihr Mut zugesprochen. So sind beide doch noch gut gelandet, aber eben spät. Zu spät? Ach, nichts ist frei, alle Plätze sind belegt. Überall wird gezwitschert und geschnäbelt und gebaut, überall werden sie weitergeschickt. Müde und verzweifelt lassen sie sich auf dem Turm der kleinen Kirche nieder und schauen über das Meer. Werden sie hier keine Heimat finden? Ein Geräusch lässt sie zusammenschrecken. „Wer bist du?", fragt die kleine Schwälbin erstaunt das winzige knopfäugige Wesen, das sich mit zierlichen Füßchen hinter ihr die Wand hinaufhangelt. „Ich bin die Kirchenmaus", piepst der Graurock. „Warum seid ihr so traurig an diesem schönen Sommertag?" „Ach", seufzt der Schwälberich, „wir sind so müde und erschöpft und finden keinen Nistplatz." „Dass ihr müde seid, kann ich nicht ändern", sagt die Maus vernünftig. „Aber einen Nistplatz kann ich euch zeigen." Neue Hoffnung erfüllt das junge Ehepaar und sie folgen der Kirchenmaus durch ein Schlupfloch in das Innere des Turms. Hier ist es schön kühl und dämmrig, einen Mauervorsprung an der Wand gibt es auch, wo sie ihr Nest ankleben können. Dankbar umarmen sie ihren neuen Freund und machen sich sofort an die Arbeit.

Es ist gar nicht so einfach, immer um die dicke Glocke herumzufliegen, die sich im Turm breit macht! Das zierliche Glockenspiel ist einfacher zu umrunden, auch das schnaufende Uhrwerk ist kein Hindernis. Aber diese Glocke! Die kleinen Schwalben fliegen tapfer immer wieder und immer wieder und liefern Baumaterial, das die Kirchenmaus hilfsbereit aneinanderbackt. Alle Viertelstunde dingelt das Glockenspiel seine kleine Melodie, während die dicke Glocke fest schläft und auf die volle Stunde wartet. „Hallo, Dicke, aufwachen!" rasselt das Uhrwerk, „noch fünf Minuten, dann bist du dran!" Die Glocke gähnt und blinzelt verschlafen: „Noch ein Minütchen! Lass mich noch ein kleines Minütchen schlafen." „Nix da", entscheidet das Uhrwerk energisch, „dran ist dran. Das Glockenspiel hat schließlich auch seinen Einsatz nicht verpasst." „Och, diese kleinen Dinger", schnaubt die Glocke verächtlich, „die wiegen ja nichts und sind sowieso zappelig. Bei jedem Windstoß bimmeln die herum. Ich bin aus fast reinem Kupfer, da ist schon ein bisschen mehr Aufwand nötig, um mich zu bewegen." „Noch eine Minute!", mahnt das Uhrwerk. Die Glocke holt tief Luft und versetzt ihren Klöppel schon einmal in leichte Schwingungen. Gleich wird er gegen ihre Innenwand schlagen und sie hin und her wiegen. Der ganze Kirchturm wird erfüllt sein von ihrem dunklen Klang. Doch halt, was ist das? Die Glocke erstarrt. „Noch dreißig Sekunden!" Das nichtsahnende Uhrwerk setzt seinen Countdown fort. „Geht nicht!", flüstert die Glocke. „Wie???" „Geht nicht!!" „Noch fünf Sekunden!" „Geht nicht!!" „Jetzt!" „Geht nicht!!!", röchelt die Glocke mit letzter Kraft und hält verzweifelt ihren Klöppel fest, der gerade gewissenhaft seine Arbeit verrichten will. „Spinnst du, Dicke?", fragt das Uhrwerk aufgebracht. „Was ist denn in dich gefahren?" „Am Wandvorsprung baut eine Schwalbenfamilie ihr Nest", flüstert die Glocke. „Ich würde es an die Wand quetschen, wenn ich läuten würde." Ach, du meine Güte. Dafür hat das Uhrwerk Verständnis. Also zappelt nur das Glockenspiel sein Liedchen, dann schweigt der Kirchturm. Die Dorfbewohner schauen irritiert zu der Uhr auf, auch der Küster ist alarmiert. Kein Mittagsläuten!

Nur der Lehrer merkt nichts und macht Überstunden, da er seinen Unterricht täglich mit dem Mittagsläuten beendet. Erst als die besorgten Mütter auftauchen und ihre Kinder suchen, werden die entnervten Kleinen in die

Freizeit entlassen. Vor lauter Aufregung vergisst er sogar, ihnen Hausaufgaben aufzugeben. Das fällt ihm aber erst zu Hause auf und er lässt seinen Ärger an dem armen Küster aus, den er für das Ausbleiben des Mittagsläutens verantwortlich macht. Auch der Pfarrer ist besorgt. Die dicke Glocke ist nicht nur für den Stundenschlag verantwortlich, sondern ruft die Gläubigen sonntags zum Gottesdienst. Und wenn sie nicht rufen kann, kommt auch niemand. Der Pfarrer kennt seine Schäfchen nur zu gut!

Schnaufend kraxelt der Küster die Treppe zum Glockenturm hinauf. „Mensch, Dicke, was machst du denn für Sachen?", fragt er vorwurfsvoll und tätschelt die Glocke. „Bist du rostig?" Das ist überhaupt die Lösung, rostig wird sie sein. Also wird die Dicke abgenommen und generalüberholt. In der Zwischenzeit kommt der Schulunterricht durcheinander, weil der Lehrer sowohl morgens verschläft als auch mittags kein Ende findet, steht der Pfarrer betrübt vor halbleeren Kirchenbänken, weil die Gemeinde sich weder be- noch gerufen fühlt, baut das kleine Schwalbenpärchen im Verein mit der Kirchenmaus sein Nest, in das die junge Frau ein einziges weißschaliges winziges Ei legt. Für mehr Nachwuchs reichen ihre Kräfte nicht. Als die Dicke wieder glänzend und geölt pünktlich zur Mittagszeit in den Kirchturm gehievt wird, schlüpft gerade ein winziger, wunderschöner Schwalbenjunge aus dem Ei. „Ja, was bist du denn für ein Kerlchen?", glockt die Dicke gerührt. „Ein Seeadler mit Düsenantrieb", antwortet die Kirchenmaus spitz und rümpft das Näschen in Richtung Glocke. Das ältere Damen aber auch immer so infantil werden, wenn es um Nachwuchs geht! „Sei nicht so frech", mahnt Mama Schwalbe und stellt ihren hübschen Nachwuchs vor, der, beäugt vom stolzen Papa, mit aufgesperrtem Schnäbelchen im Nest hockt und nach Futter plärrt. „Wir müssen auf Futtersuche gehen", sagt die Mama besorgt, „könnt ihr aufpassen, dass er nicht aus dem Nest fällt?" Die Glocke schielt beleidigt auf die grinsende Kirchenmaus und beeilt sich, ihre Hilfe und ihren Schutz zu versichern. Schließlich kann man so ein zartes Wesen nicht diesem unseriösen Strolch von Kirchenmaus anvertrauen. So übertreffen sich beide an Wachsamkeit, während die kleine Mama unentwegt Futterklößchen in den gelbumrandeten Schnabel ihres Söhnchens stopft. Wo bleibt der Papa? Das Uhrwerk meldet sich rasselnd: „Achtung, Dicke, noch fünf Minuten!" „Du siehst doch, dass ich nicht läuten kann!", regt sich die Glocke auf. „Soll ich den Kleinen zerquetschen? Selbst wenn ich an ihm vorbeiläute – er wird ja taub oder fällt vor Schreck aus dem Nest."

Also entfällt auch heute das Mittagsläuten. Dem Lehrer ist's egal, es sind Ferien. Aber der Pfarrer reagiert doch etwas angespannt, weil er eine aufrüttelnde Sonntagspredigt an die treulosen Schäfchen vorbereitet hat, die er nun wieder vor halbleeren Bänken halten zu müssen befürchtet. Der

Küster greift in seiner Verzweiflung zum letzten Mittel: Schnaufend hängt er sich, begleitet vom vorwurfsvollen Pfarrer, an das Glockenseil. „Ich sag's ja immer wieder, dieser ganze neumodische Kram taugt nichts", bekräftigt der Pfarrer. „Da ist bestimmt die teure Elektronik kaputt. Es geht doch nichts über gute alte Muskelkraft." Der Küster schielt den Pfarrer an und behält seine Gedanken lieber für sich. Schließlich befinden sie sich in einer Kirche. Aber alles Ziehen und Zerren hilft nichts – die Glocke schweigt. „Lassen Sie mich mal 'ran", sagt der Pfarrer und schiebt den Küster energisch zur Seite. Aber auch seine Bemühungen, ebenso wie die vereinten Anstrengungen von Pfarrer und Küster bringen die Glocke nicht in Schwung. Die hängt allerdings schwitzend im Glockenstuhl und stemmt sich mittlerweile mit letzter Kraft gegen das unerbittliche Seil. Aber ihre Mühe zahlt sich aus: Pfarrer und Küster geben sich geschlagen. „Da muss ein Fachmann aus der Stadt kommen", sagt der Pfarrer, „ich werde gleich im Kirchenamt anrufen." Hilflos schauen beide noch einmal zu der bockigen Glocke hinauf. „Da ist doch etwas an der Wand", sagt der Küster. „Wo?" Der Pfarrer ist kurzsichtig, mag es aber nicht zugeben. „Dort! Im Halbdunkeln ist es aber nicht so gut zu erkennen. Ich bin mir aber sicher, dass dort etwas ist", beharrt der Küster. Der Pfarrer strengt sich an. „Dort ist nichts", beschließt er. „Das ist ein Schatten. Sonst klettern Sie doch eben hinauf und schauen nach, wenn Sie sich nicht sicher sind!" Woraufhin der Küster sich beeilt, auch einen Schatten zu sehen.

Mittlerweile ist die kleine Schwalbendame sehr beunruhigt. Wo bleibt ihr Mann? Während sie auf Futtersuche für ihren Kleinen ist, ruft sie verzweifelt nach ihm, aber er bleibt verschwunden. Wie dunkel kann ein strahlender Sommertag sein, wenn man vor Kummer und Sorge nicht ein noch aus weiß! „Er wird schon wiederkommen", tröstet die Glocke. „Vielleicht hat er sich verflogen", unterstützt sie die Kirchenmaus. „Aber das Kind muss doch versorgt werden", weint die kleine Schwalbe, „wie soll ich allein den Kleinen großziehen? Es ist so viel Arbeit und Verantwortung und ich bin so schwach." „Nein", sagt die Glocke energisch, „du bist nicht schwach! Du hattest nur noch nicht die Gelegenheit zu zeigen, was in dir steckt. Die Kirchenmaus und ich passen auf den Kleinen auf, während du auf Futtersuche bist. Dabei können wir dir leider nicht helfen. Aber wir sind deine Freunde und wir werden für dich da sein, wenn du uns brauchst." „Aber du musst doch läuten!" „Das lass mal meine Sorge sein", beruhigt sie die Dicke. „Wir haben etwas Zeit gewonnen. Du hast doch gehört, dass ein Fachmann aus der Stadt kommen muss. Nun lamentier nicht herum, du musst dich um dein Kind kümmern. Zum Trauern hast du gar keine Zeit." Das stimmt. Die kleine Schwalbe hebt ihr gebeugtes Köpfchen, schüttelt ihr Gefieder, atmet tief durch und beginnt ihr neues Leben – allein.

Der Glockenfachmann aus der Stadt kann erst in drei Wochen kommen. Bis dahin muss das Glockenspiel doppelte Arbeit leisten, der Pfarrer seine Predigt verschieben und der Lehrer kann weiter ausschlafen. Aber es sind ja Ferien. Bis dahin ist der kleine Schwälberich alt genug, um fliegen zu können und das Nest zu verlassen. Die Mama ist abgemagert und müde, da sie den ganzen Tag unterwegs ist, um den kleinen Schreihals zu versorgen. Nur wenige Nachtstunden bleiben ihr für ihre Ruhe. Auch außerhalb des Nestes würde sie ihn für kurze Zeit weiterversorgen – wenn er das Nest nur endlich verlassen würde. Aber der Kleine denkt nicht daran. Zu sehr fürchtet er sich vor seinem ersten Flugversuch. Schließlich müsste er nicht nur in dem engen Glockenturm um die freundliche Dicke herum fliegen, er müsste auch das kleine Schlupfloch treffen, um in die Außenwelt zu gelangen. Und vor der fürchtet er sich am meisten.

Ein strahlender Sommertag neigt sich seinem Ende zu. Heute haben die Dorfbewohner unter der Hitze gestöhnt und sich nach Regen gesehnt. „Sieht nicht gut aus, Deern", sagt der alte Fischer zu seiner Schwiegertochter, „das Meer sieht mir ein büschen komisch aus heute. Die Schwalben fliegen auch so tief." „Die Männer sind schon wieder vom Fischen zurück, Vaddern", sagt sie und mustert besorgt den bleigrauen Himmel. „Es war zu heiß." Der Wetterbericht im Radio gibt zu den schlimmsten Befürchtungen Anlass, schwere Unwetter werden angekündigt, an der See Gefahr von Sturmflut. Wind kommt auf. Die Dorfbewohner schließen hastig ihre Fensterläden, der alte Fischer inspiziert noch einmal den Deich. Betroffen bleibt er vor einem Riss stehen. Ein Riss im Deich! Da müssen sofort alle Männer ran und ihn mit Sandsäcken abdichten. Durch den immer heftiger werdenden Sturm kämpft er sich zum Pfarrhaus. „Herr Paster, Herr Paster!", schreit er und hämmert an die verschlossenen Fensterläden. „Was ist denn los, Hinnerk?" Der Pfarrer ist beunruhigt, so aufgeregt hat er den ruhigen Hinnerk noch nie erlebt. „Paster, der Deich bricht, wenn die Flut kommt!" „Um Gottes Willen!" Der Pfarrer rennt zum Küsterhaus. Nun muss die Glocke läuten, auf den Mann aus der Stadt können sie nicht warten. Die ersten Blitze zucken über den dunklen Himmel, als der Küster, der alte Fischer und der Pfarrer sich durch den heulenden Sturm zur Kirche kämpfen. Im Turm hängt die Glocke und schweigt. „Zu dritt!", kommandiert der Pfarrer. Alle drei Männer hängen sich an das Seil und ziehen aus Leibeskräften. „Ich kann nicht mehr dagegenhalten!", schnauft die Glocke. „Der Kleine muss aus dem Nest!" „Kind, komm!", ruft Mama Schwalbe in höchster Verzweiflung und umschwirrt ihren Sohn. „Komm mir nach, ich zeige dir den Weg." „Ich habe Angst, Mama,", jammert der Kleine und schaut in die Tiefe. „Ich kann nicht mehr", keucht die Glocke. „Komm, Kind, komm endlich!" Da dröhnt ein mächtiger Klang durch den Glockenturm, das Nest zerbröckelt und fällt in die Tiefe. Die Glocke läutet.

Die Männer des Dorfes sammeln sich in Windeseile um die Kirche. Sturmläuten! Die See tost gegen den brechenden Deich. Sandsäcke werden von Hand zu Hand gereicht und gegen den Riss gestemmt. Nach Stunden harter Arbeit können die durchnässten, erschöpften Männer nach Hause. Der Deich wird halten, diesmal wird er noch halten. Die Glocke hat rechtzeitig geläutet.

Dieses Wissen nutzt der Glocke nicht viel. Verzweifelt klagt sie der Kirchenmaus ihr Leid: „Ich habe mich nicht genug bemüht. Der Kleine musste sterben, weil ich mich nicht genug angestrengt habe." Hilflos schaut die Maus hinaus in die sturmgepeitschte Nacht. „Vielleicht haben sie es ja geschafft", murmelt sie hoffnungslos. Die arme Glocke verbringt eine schlimme Nacht voller Selbstvorwürfe. Immer wieder erlebt sie den Moment, als ihr Widerstand nichts mehr nützte und der Klöppel unbarmherzig zuschlug, so heftig, dass sie gegen die Wand geprallt ist und das Nest heruntergerissen hat. Erst in den Morgenstunden schläft sie ein, von unruhigen Träumen geplagt.

„Hallo, dicke Tante!" Die Glocke blinzelt. Ist sie gestorben und im Himmel? Das ist doch die Stimme ihres kleinen Lieblings. Nein, dort sitzt er an der Seite seiner strahlenden Mama im Schlupfloch und lacht sie an. „Dem Himmel sei Dank", jubelt die Glocke, „du lebst!" „Es war knapp genug", lächelt die Mama und umarmt ihr Kind. „Aber ich habe noch eine frohe Botschaft, liebe Freundin." Fröhlich tritt sie zur Seite. Die Glocke traut ihren Augen nicht, im Eingang des Schlupfloches steht der verschollene Papa! „Wo hast du denn gesteckt?", fragt sie entgeistert. „Und was hast du dort am Fuß?" Der junge Mann schaut stolz auf den goldenen Ring. „Das ist ein Röhrchen aus Leichtmetall mit Nummer, Datum und Adresse der hiesigen Vogelwarte." „Und wofür trägst du das Ding?", fragt die Kirchenmaus neugierig. „Ich bin jetzt Mitarbeiter in der Vogelforschung", brüstet sich der junge Mann, „aus den Rückmeldungen anhand dieses Ringes gewinnt die Vogelwarte ein Bild über die Zugstraßen, die Zugzeiten und die Schnelligkeit des Vogelzuges." „Und wie kommen die Menschen wieder an den Ring?" Die Maus ist noch nicht zufrieden mit der Auskunft. „Na ja", windet sich der Schwälberich verlegen, „wenn ich verletzt bin oder – tot." „Um Gottes Willen, mal nicht den Teufel an die Wand", brummt die Glocke, „die letzte Zeit hat uns gereicht. Jetzt gehörst du erst einmal wieder zu den Lebenden. Im Übrigen hast du meine erste Frage noch nicht beantwortet. Wo hast du gesteckt?" „Ich bin beim Futtersuchen gegen einen Baum geflogen und habe mir den Flügel gebrochen", druckst der Schwälberich. „Die Mitarbeiter der Vogelwarte haben mich gepflegt, bis ich wieder fliegen konnte." Jetzt ist es heraus. Er schämt sich sehr. Seine kleine Frau hat doch immer gedacht, dass er ein so toller Kerl ist, und nun ist er zu blöd zum Futtersuchen und knallt in seiner Aufregung gegen den nächsten Baum. Ganz allein hat sie das Baby großziehen müssen. Unbehaglich schielt er seine Frau an. Ob sie ihn jetzt verachtet? Nein, sie lächelt! „Vielleicht war diese Zeit für beide wichtig", beruhigt sie ihn. „Ich habe gelernt, auf meine eigene Stärke zu vertrauen und mich nicht immer darauf zu verlassen, dass du schließlich für mich da bist und mich beschützt." Erleichtert umarmt der Schwälberich seine Frau und sein Kind. „Und ich muss jetzt nicht immer den tollen Hecht markieren, wenn mir gar nicht danach zumute ist. Ach Liebste, ich danke dir." Die Glocke räuspert sich, gerührt angesichts dieses Familienglücks. „Seid so lieb und verlasst jetzt das Schlupfloch, ich bin dran mit dem Mittagsläuten."

Seit diesem Tag schauen die Menschen zu jeder vollen Stunde andächtig zum Kirchturm, predigt der Pfarrer jeden Sonntag vor vollen Bänken, steht der Lehrer strahlend vor seiner Klasse. Die Glocke jubelt und singt und steckt alle Menschen mit ihrer Freude an. Die Schwalbenfamilie besucht sie in jedem Jahr, mittlerweile schon in der fünften Generation, denn die Geschichte von der freundlichen Glocke und der hilfsbereiten Kirchenmaus, die einer jungen Witwe, die dann doch keine war, in der Kirche Zuflucht gewährt haben, wird den Kindern immer wieder erzählt. Der Küster jedoch bewahrt die Überreste eines Nestes, die er am Boden des Glockenturms gefunden hat, sorgfältig auf. Ein Schwalbennest im Glockenturm – doppelt gesegnet ist dieses Haus!

Das Lachen der Schildkröte

Dies ist die Geschichte von Simone.

Simone war eine entzückende kleine Schildkröte, niedlich, selbstbewusst und temperamentvoll. Sie war der Stolz ihrer Mutter, die Freude ihres Vaters, die Sonne im Leben ihrer Eltern. Zu ihren besten Freunden zählten der Sperlingsjunge Hänschen und das Igelmädchen Claudia. Na ja, Claudia war eher ihre zweitbeste Freundin, weil sie bei Simones wilden Spielen nicht mitmachen wollte, während Hänschen, der erstbeste Freund, tschilpend und glucksend mit ihr herumtobte. Das Lachen der kleinen Schildkröte, das entzückendste Kinderlachen, das der Wald jemals gehört hatte, stieg in den Himmel, erreichte die Wolken, spielte mit dem Wind und wurde von einer weißen Schäfchenwolke, die dem Spiel der Kinder gerührt zugesehen hatte, behutsam eingefangen und in ihrem watteweichen Inneren verwahrt.

Zu ihren liebsten Spielen gehörte das „Seeräuberkullern". Dazu krabbelte Simone auf den höchsten Punkt des Hügels in dem Wald, in dem sie wohnte, zog erst die Beine und dann den Kopf in den Panzer zurück, heulte schauerlich-dumpf und ließ sich den Abhang hinunterkullern. Während dessen flatterte Hänschen, ein wildes Seeräuberlied singend, voran und wartete am Ende des Abhangs auf seine heranholpernde Freundin.

Der Anteil der braven Claudia an diesem Spiel bestand darin, darauf zu achten, dass Simones wilde Rutschpartie nicht in dem Wasser des Baches endete, der am Fuße des Hügels eiskalt vor sich hinplätscherte. Dieser Aufgabe kam sie pflichtbewusst und jedes Mal schweißgebadet und mit zusammengebissenen Zähnen nach, indem sie Blätter und Stöckchen heranschleppte und zu einem ordentlichen Hügel auftürmte. Wenn Simone sich in voller Fahrt näherte und juchzend den Nervenkitzel genoss, wieselte Claudia über die Böschung und betete darum, dass das bescheuerte Spiel auch dieses Mal einen guten Ausgang nehmen möge. Hänschen lauerte derweil am Ufer des Baches, warf sich in die Brust und schmetterte seine Seeräuberarie, deren einer, höchster Ton ihn immer auf's Neue so begeisterte, dass er nicht müde wurde ihn zu wiederholen, zu wiederholen, zu wiederholen .....
„Hänschen!", schnaufte Simone entnervt und steckte erst die Beine, dann den Kopf aus dem Panzer. „Du machst mich waaaahnsinnig!" Hänschen ließ sich nicht beirren, würgte den Nervton mit einer eleganten Koloratur ab und brachte sein Lied erfolgreich zu Ende.

Simone schubste ihn freundschaftlich und keuchte immer noch außer Atem: „Nervensäge, olle!" Dann machte sie sich an den beschwerlichen Aufstieg, begleitet von Claudia, die vor Erleichterung über die erneut überstandene Verantwortung immer noch weiche Knie hatte, und Hänschen, der über ihren Köpfen tschilpte und mit dem Bergauffliegen weniger Probleme hatte als das Schildkröten- und das Igelkind mit dem Bergaufkraxeln.

Am Ende ihres Weges, als sie keuchend und prustend die letzten Meter erkraxelten, erwartete sie eine unangenehme Überraschung. Simones Vater lugte, Zornesfalten auf der Stirn, über einen Stein, auf den er sich gestützt hatte. „Papa", flüsterte Simone, angesichts des drohenden Gewitters doch erschüttert, „Papilein, was machst du denn hier?" „Nach Hause, Kind, marsch", donnerte Vater Schildkröte, während Claudia sich erschreckt zu einem stacheligen Ball zusammenkugelte und Hänschen sich auf den nächstgelegenen Ast rettete. „Ja, Papilein", sagte Simone folgsam und trottete, das Köpfchen tief gesenkt, hinter dem Vater her, der wutschnaubend vor ihr her stapfte. Im heimischen Unterschlupf angekommen, wandte er sich anklagend an seine Frau: „Weißt du eigentlich, was deine Tochter treibt, wenn wir sie friedlich spielend in der Gesellschaft ihrer Freunde wähnen?" Mutter Schildkröte zupfte nervös an ihrer Brille: „Nein, Männe. Aber du wirst es mir sicher gleich sagen." „Sie kugelt sich den Abhang hinunter", zürnte Vater Schildkröte. „Sie lässt sich auf den Bach zukullern und spannt ihre bedauernswerte Freundin ein, auf ihre Sicherheit zu achten, während dieser freche Spatzenjunge einen Höllenlärm veranstaltet." „An Claudia solltest du dir ein Beispiel nehmen, Simone", schnaubte er und klapste seine Tochter auf den Panzer. „Sie ist immer freundlich, adrett und gut erzogen. Ein richtiges Mädchen eben!" Nachdenklich wiegte er den Kopf: „Ich verstehe gar nicht, warum sich dieses reizende Kind zu solchen Spielen hergibt ....."

Mutter Schildkröte musterte ihre Tochter traurig. „Simone, Kleines, wie kannst du dich so in Gefahr bringen. Weißt du nicht, wie traurig wir wären, wenn dir etwas zustöße?" Simone schüttelte bockig den Kopf und sah mit zusammengekniffenen Lippen ihren Vater an: „Nein, Mama, den Eindruck habe ich nicht. Wenn Papa mich so liebhaben würde, wie du meinst, würde er nicht diese langweilige Claudia bedauern und mit mir herumschreien." Vater Schildkröte zuckte zusammen. „Treffer", dachte Simone zufrieden. „Das saß!" „Geh augenblicklich ins Bett", sagte Vater Schildkröte gefährlich leise. „Mir aus den Augen, du undankbare Göre." Simone sagte „Phhhhhhh", drehte sich demonstrativ langsam um und wackelte in ihren Bereich des Unterschlupfes. Dort angekommen zog sie sich alle Blätter über den Kopf, die sie finden konnte, verkroch sich zusätzlich in ihren Panzer und begann bitterlich zu weinen. Ihr war schreiendes Unrecht widerfahren, fand sie. Niemand liebte sie richtig, niiiemand, der Vater schon gar nicht. Und die Mutter eigentlich auch nicht. Sonst hätte sie ihr geholfen, hätte ihre einzige, ihre geliebte Tochter verteidigt. Aber nein!

Nach einer Weile versiegten ihre Tränen, und sie richtete sich entschlossen auf. „Euch werde ich es zeigen", murmelte sie und krabbelte leise aus dem Unterschlupf in den nachtdunklen Wald. Dort war es ziemlich gruselig, die Bäume sahen fremd und bedrohlich aus, der Hügel türmte sich vor dem kleinen Schildkrötenkind wie ein schlafender Riese. Simone hielt verzagt inne und wollte gerade umkehren, als ihr die Ungerechtigkeit ihres Vaters wieder in den Sinn kam. „Bedauere du nur deine liebe, kleine Claudia", murmelte sie verbissen und kämpfte sich den Hügel hoch. „Ich brauche Claudia gar nicht, oh nein, ich nicht. Ich kann auch allein auf mich aufpassen." Auf dem höchsten Punkt des Hügels hielt sie an und schaute nach unten. Tief unter ihr gluckerte der Bach, der ihr immer so vertraut gewesen war, in der Dunkelheit jedoch befremdlich und schwarz aussah. Irrlichter spiegelten sich in seinen dunklen Wellen. „Das sind die Sterne", beruhigte sich Simone. „Vor Sternen muss man sich nicht fürchten."

Wie hatte doch die Mutter immer gesagt? „Jede kleine Schildkröte hat einen eigenen Stern, der auf sie aufpasst", hatte sie angesichts der funkelnden Pracht über ihren Köpfen geflüstert und ihr ihren Stern gezeigt, der weit oben über ihnen gefunkelt hatte. „Das ist der Simone-Stern. Der passt auf dich auf, wenn Mama und Papa einmal nicht da sind." Simone schaute ihren Stern an und versank wieder in Selbstmitleid. Dann holte sie tief Luft und richtete sich entschlossen auf. „Ich brauche niemanden, der auf mich aufpasst. Ich kann das ganz allein!" Sie zog die Beine in den Panzer, den Kopf, versetzte sich in leichte Schwingungen, in stärkere Schwingungen - und purzelte los.

In rasender Fahrt ging es bergab. Simone versuchte, die Talfahrt zu genießen wie immer, den Nervenkitzel auszukosten, die gewohnte Freude zu empfinden, wenn der Wind den Panzer umpfiff. Aber irgendetwas war anders. Sie wurde schneller und schneller, rutschte, kugelte, prallte gegen Steine und flog durch die Luft. In heller Panik versuchte sie, die Beine und den Kopf aus dem Panzer zu stecken, Halt zu finden, wenigstens zu sehen, wo diese Höllenfahrt enden würde. Das einzige, was sie jedoch schaffen konnte, war, den Kopf ein klein wenig aus dem Panzer zu kämpfen. Das letzte, was sie sah, war das schwarze Wasser des Baches, das auf sie zugerast kam. Dann hörte sie einen lauten Platsch und verlor das Bewusstsein.

Als Simone nach einiger Zeit keuchend und spuckend wieder zu sich kam, war sie noch immer fest in ihren Panzer zurückgezogen, während das Wasser unbarmherzig eindrang und sie zu ersticken drohte. Simone zog sich noch weiter zurück, bis ihr kleiner Körper nicht mehr durchnässt wurde. Weich und verletzlich hockte sie in ihrem Panzer und schluchzte. „Das ist die Strafe", flüsterte sie tonlos immer wieder und wieder. „Das ist die Strafe, weil ich so böse und trotzig war." Weinend und erschöpft schlief sie endlich ein.

Tagelang lag die Kleine in ihrem Panzer, vom Fieber geschüttelt und von bösen Träumen heimgesucht. Als sie endlich erwachte, war sie so klein geworden, dass sie ihren Panzer nicht mehr ausfüllen konnte. Verzweifelt versuchte sie, sich durch die Kopföffnung, die größte aller Ausgänge des Panzers, zu quetschen. „Geht auch nicht", flüsterte sie schließlich entmutigt. Wie sollte sie auch draußen im Wald ohne ihren Panzer, der den weichen Körper schützte, überleben? Aber... Simone musterte die dunklen Wände ihres Panzers. Wie sollte sie hier drinnen leben - und vor allem: wovon? Was ihr Schutz gewesen war, war nun zu ihrem Gefängnis geworden.

Simone lernte, sich von dem Wenigen, das das Wasser in ihren Panzer schwappte, zu ernähren. Irgendwann fühlte sie aber auch den Hunger nicht mehr und trank nur noch ab und zu etwas Wasser. Sie hatte sich mittlerweile so in ihrem Panzer verkrochen, dass nichts mehr sie erreichte. Nicht die verzweifelten Rufe der Eltern, die das geliebte Kind suchten, nicht Hänschens aufgeregtes Tschilpen, seine kummervollen Lieder, nicht Claudias Weinen auf der Suche nach der Freundin. Ruhe umgab sie und Einsamkeit, sie war gefangen in einer schweigenden, dunklen Welt. Die Erinnerung an ihr Leben im Wald, an ihr Leben mit den Eltern, den Freunden, an ihre Spiele, ihr Glück wurde schwächer und schwächer, bis die Dunkelheit auch den letzten Rest auslöschte. Was ihr blieb, war ein Gefühl einer großen Schuld, die sie aber auch nicht mehr benennen konnte. Sie hatte die Ursache vergessen.

Draußen in der Welt ging das Leben weiter. Die Monate vergingen und wurden zu Jahren. Das Leid der Eltern jedoch blieb, der Kummer um die verschwundene Tochter wurde nicht geringer mit dem Verlauf der Zeit. Auch Hänschen und Claudia vergaßen Simone nicht. Wieder und wieder trafen sie sich, schon längst erwachsen geworden, am Ufer des Baches, an dem sie ihre fröhlichen Kinderspiele gespielt hatten, und gedachten ihrer Freundin.

Mittlerweile jährte sich der Tag, an dem Simone verschwunden war, zum zehnten Mal. Hänschen und Claudia hockten nebeneinander am Ufer des Baches und starrten in die leise plätschernden Wellen. „Weißt du noch", sagte Claudia plötzlich, „wie wir hier immer das Seeräuberkullern gespielt haben? Ich habe es gehasst." Hänschen musterte sie erstaunt. „Gehasst? Ich fand's toll." „Du hattest ja auch den besseren Teil, du durftest singen. Für euch war es ein Spiel." „Aber es war ein Spiel", sagte Hänschen verständnislos. „Für mich nicht", entgegnete Claudia heftig, „für mich nie. Ich fühlte mich ausgeschlossen aus eurem Spiel. Ich konnte nie mitspielen, weil ich für Simones Sicherheit verantwortlich war. Ich habe Blätter geschleppt und Zweige aufgeschichtet, während ihr gespielt habt. Und wenn Simone dann angekugelt kam, war ich starr vor Angst." „Warum hast du nie etwas gesagt?", fragte Hänschen. Claudia zuckte die Schultern. „Ja, warum nicht? Weil ich mich nicht noch mehr ausschließen wollte? Weil ich Simone bewundert habe und gern so werden wollte wie sie?" Sie starrte vor sich hin und dachte nach. Dann schüttelte sie den Kopf. „Es ist schon so lange her, Hänschen. Ich weiß es nicht mehr."

Hänschen legte den Kopf schief und sah sie nachdenklich an. Dann grinste er plötzlich, plusterte sich auf und sagte: „Vielleicht hilft das deiner Erinnerung ja auf die Sprünge." Und er begann zu singen, schmetterte sein Seeräuberlied, steigerte sich bis zum höchsten Ton, den er wiederholte, wiederholte, wiederholte .... „Hänschen!", tönte es dumpf. Hänschen wechselte elegant in seine Koloratur und beendete das Lied. Dann lächelte er Claudia an. „Siehst du, du hast dich erinnert. Du wusstest noch, dass ich immer bei diesem Ton festhänge." Claudia schüttelte erstaunt den Kopf. „Das ist mir gar nicht aufgefallen." „Aber du hast doch 'Hänschen' gesagt", beharrte der Spatz. Claudia schüttelte wieder den Kopf. „Nein, ich war ganz still und habe dir zugehört."

Hänschen runzelte die Stirn. „Ja, wenn du es nicht warst, dann kann es eigentlich nur ...." Er flatterte zum Bach, landete und winkte Claudia aufgeregt zu sich. „Hilf mir mal, ich glaube, ich sehe hier was!" Claudia watschelte den Abgang hinunter, tastete sich vorsichtig zum Bachufer, platschte mit den Füßchen ins Wasser und starrte angestrengt in die Richtung, in die Hänschen deutete. Nach einer Weile nickte sie. „Ich sehe auch etwas", sagte sie zögernd. „Da in dem Ast hängt ein Schildkrötenpanzer." Vorsichtig flatterte Hänschen auf den brüchigen Ast, der am Uferrand lag, halb im Wasser, halb auf dem Trockenen, und tastete sich behutsam zu dem Panzer, der in ihm festhing, verdeckt von Moos und Schlamm. Vorsichtig beugte er sich nach vorn und spähte in die Öffnung, in die eigentlich der Kopf gehörte. „Simone?", rief er leise. „Simone? Bist du da drin?"

Nichts, keine Antwort. Schweigen. Hänschen versuchte es noch einmal: „Simone, ich bin es, Hänschen. Claudia ist auch hier, neben mir. Bist du da drin? Antworte doch bitte!" Er legte das Köpfchen an die Öffnung und lauschte angestrengt. „Ich bin hier", hörte er nach einer Weile ein schwaches
86

Stimmchen. „Ich bin Simone, Hänschen. Ich bin hier!" Hänschen flatterte aufgeregt mit den Flügeln. Claudia platschte wie von Sinnen durch das Wasser und sang vor Freude. Dann robbte auch sie sich zu dem Panzer vor und lugte hinein. „Komm heraus, Simone! Wir helfen dir an Land!" „Ich kann nicht", antwortete die kleine Stimme ihrer Freundin. „Ich bin zu winzig geworden, ich fülle den Panzer nicht mehr aus."

Hänschen nickte Claudia verständnisvoll zu. „Klar, sie hat sicher kaum was Essbares gefunden, die arme Kleine." Dann wandte er sich entschlossen wieder der Öffnung zu. „Simone?" „Was ist noch?", flüsterte die Schildkröte. „Simone, hast du es schon durch die Kopföffnung versucht? Wenn du so klein bist wie du sagst, dann passt du durch." Claudia schubste ihn tadelnd. „Blödmann", flüsterte sie, „wie soll Simone überleben können ohne den Panzer? Sie ist eine Schildkröte! Ohne Schutz würde der nächste Fuchs sie holen." Wieder schaute sie in das schwarze Loch der Kopföffnung: „Simone?" Leises Schluchzen anwortete ihr: „Ich habe versucht, aus dem Panzer zu kommen, aber es klappte nicht. Und jetzt habe ich Angst, es noch einmal zu versuchen. Ich habe keine Kraft mehr." Claudia schüttelte den Kopf: „Sie muss völlig durcheinander sein. Jede Schildkröte weiß doch, dass sie ohne Panzer völlig schutzlos ist." Skeptisch musterte sie das bemooste Etwas, das sie aus dem Wasser geborgen hatten. „Aber so stimmt es auch nicht. Er darf nicht zum Gefängnis werden."

Hänschen, der seinen Fehler wieder gutmachen wollte, nickte vernünftig: „Du musst essen, dann wächst du wieder in deinen Panzer hinein. Claudia und ich werden dich füttern, bis du groß genug geworden bist. Aber erst einmal müssen wir dich an Land ziehen." Er wandte sich an Claudia: „Fass mal mit an!" Aus der Tiefe des Panzers protestierte ein erschrockenes Stimmchen: „Nein! Auf gar keinen Fall! Lasst mich in Ruhe!" Verwirrt schüttelte Claudia den Kopf. „Aber Simone", sagte sie, „deine Eltern vermissen dich. Wir vermissen dich. Lass uns dir helfen!" Simone schwieg lange. Dann flüsterte sie: „Ich habe Angst vor der Welt da draußen. Ich sitze jetzt schon so lange in meinem Panzer. Er ist mein Schutz, ich bin glücklich tief in seinem Inneren. Ich liebe seine Dunkelheit und sein Schweigen. Lasst mich in Ruhe, bitte. Geht und vergesst mich. Glaubt mir, ich bin glücklich." Claudia und Hänschen schwiegen betroffen. „Glücklich?", flüsterte Hänschen schließlich.

„Glücklich?", sang eine Stimme aus den Baumwipfeln. Der Spatz und die Igeldame legten die Köpfe in den Nacken und schauten in den Himmel. Über ihnen türmte sich eine weiße Schäfchenwolke und lächelte auf sie herunter. „Glücklich, Simone? Hör doch, das ist Glück!" Sie schüttelte sich leicht, und aus den Tiefen ihrer watteweichen Flocken lösten sich silberhelle Töne, perlten durch die Blätter der hohen Bäume, erfüllten die Luft: Simones Kinderlachen. Behutsam fing die Wolke die funkelnden Töne wieder ein und verwahrte sie sorgfältig. Dann lächelte sie. „Das ist Glück, Simone. Das ist Leben. Erinnere dich."

Simone weinte. „Ich erinnere mich. Ich erinnere mich, dass ich das Kind war, das so glücklich gelacht hat. Ich erinnere mich aber auch, dass ich heftig war, ungestüm und trotzig. Ich erinnere mich, dass ich neidisch war und missgünstig. Ich erinnere mich, dass ich eigensüchtig war und wenig liebenswert. Jetzt, hier in der Einsamkeit, habe ich meinen Frieden gefunden. Ich bin glücklich, glaubt mir!" Hänschen schüttelte den Kopf: „Oh nein, liebe Freundin, das sind nicht meine Erinnerungen. Ich erinnere mich an ein Kind, das mit seinem glücklichen Lachen die Welt zum Leuchten brachte. Ich erinnere mich an phantasievolle Spiele, an Momente, in denen ich mich stark und mächtig fühlte, weil du es so wolltest." Claudia drängte sich neben ihn: „Und ich, Simone, erinnere mich an ein Kind, das mich mitspielen ließ, wo die anderen mich ausschlossen, weil ich so langweilig war. Ich erinnere mich an eine Freundin, die mir immer wieder Mut machte, die mich mitriss mit ihrer Lebensfreude. Eine Freundin, die meine Träume teilte. Eine Freundin, die ich liebte." Sie sah Hänschen an und verbesserte sich: „Die wir liebten, wir alle hier im Wald. Weil sie so war, wie sie war. Und weil wir sie gar nicht anders wollten."

„Also", schloss Hänschen und krempelte die Flügel hoch, „so nicht. Wir haben dich nicht gefunden, um dich so einfach deinem Schicksal und deiner merkwürdigen Auffassung von Glück zu überlassen. Du wirst nicht den Rest des Lebens in Dunkelheit und Einsamkeit, eingesperrt und voller Angst zubringen." „Ihr habt Recht", flüsterte Simone. „Aber ich brauche eure Hilfe. Ich war zu lange fern von euch, fern von allem, was Leben heißt, um allein zurückzufinden." „Wir sind bei dir", lachte Hänschen, „immer wenn du uns brauchst, sind wir bei dir." Er zerrte an dem Panzer und ruckte ihn stückweise an das Ufer. Claudia, die erst gezögert hatte, nickte entschlossen und packte mit an. Gemeinsam retteten sie die Freundin auf das sichere Ufer, gemeinsam fütterten sie Simone, bis sie - unsicher und ängstlich, aber erfüllt von neuer Hoffnung - endlich wieder den Kopf und die Beine aus dem Panzer stecken konnte, endlich wieder festen Boden unter den Füßen hatte. Gemeinsam zeigten sie ihr den Weg zurück ins Leben, zu ihren Eltern, zu Liebe und Glück. Gemeinsam.

Dies ist die Geschichte von Simone. Sie ist noch nicht zu Ende - frag' Simone! Sie sitzt dort am Ufer des Baches, zusammen mit ihren Freunden, dem Spatz und dem Igel. Hörst du ihr Lachen?

Tage aus Glas

Vor langer, langer Zeit wussten die Menschen noch um die Endlichkeit ihrer Tage. Und weil sie es wussten, waren sie dankbar für jeden Tag, den sie erleben durften. An jedem Abend setzten sie sich ruhig hin, allein oder beisammen, schlossen die Augen und ließen den Tag an sich vorüberziehen. Und während sie dies taten, wuchs in ihren gefalteten Händen ein kleiner Glassplitter, der die Farbe dieses Lebenstages trug. Den Splitter fügten die Menschen in ihr Lebensmosaik ein, das sich mehr und mehr mit bunten, leuchtenden Glassteinchen füllte, die ihr Leben widerspiegelten. Das Mosaik war der kostbarste Besitz eines jeden, denn es erinnerte an all die hellen und dunklen Tage seines gelebten Lebens. Und weil jedem Menschen sein Maß an Zeit gegeben war, kehrte er mit dem Einsetzen des letzten Steins zurück in den ewigen Kreislauf des Werdens und Vergehens. All denen, die ihn geliebt hatten und nun um ihn trauerten, blieb das Mosaik als Trost zurück, denn nichts war so eng mit dem Selbst eines jeden verbunden, nichts bewahrte so unbestechlich sein Wesen wie das Mosaik. Es blieb, bis die Trauer überwunden war, bis die Erinnerung langsam verblasste. Mit ihr schwand das Mosaik und war eines Tages nicht mehr da.

Für die kleinen Kinder, für die, die noch so klein waren, dass sie keine bewussten Erinnerungen an den Tag hatten, lag Abend für Abend ein Mosaiksteinchen am Ende ihres Bettes, klar wie Glas und durchsichtig wie Wasser. Diese Steinchen setzten die Eltern für ihre Kinder in das Lebensmosaik. Auch Marcels Mutter nahm Abend für Abend vorsichtig den kleinen Stein an sich und ergänzte gewissenhaft sein Bild, damit nicht ein Tag im Leben ihres Kindes fehlte. Eines Abends lag jedoch kein Glasstein am Ende des Bettes. Da wusste die Mutter, dass es für Marcel nun an der Zeit war, wie sie die Hände zu falten, den Tag an sich vorüberziehen zu lassen und den ersten farbigen Stein einzusetzen. Liebevoll erklärte sie ihrem Kind die Bedeutung des Mosaiks in seinem Zimmer. „Höre, mein Kind, und schau auf das große Bild über deinem Bett. Es wird eines Tages das Mosaik deines Lebens sein. Bis heute habe ich es jeden Tag mit durchsichtigen Steinen gefüllt, die ich am Abend eines jeden Tages am Fußende deines Bettes fand. Heute war dort kein Stein. Das ist das Zeichen, dass du alt genug bist, Marcel, dich mit mir hinzusetzen und den Tag an dir vorüberziehen zu lassen. Sei dankbar für den Stein, der in deiner Hand wächst, denn er trägt die Farbe dieses Lebenstages, dieses Tages, der dir geschenkt wurde und der so nie wiederkehrt."

Marcel hörte aufmerksam zu und setzte sich mit gefalteten Händchen und geschlossenen Augen auf den Fußboden, wie er es schon so oft bei seiner Mutter gesehen hatte. „Noch eins, Marcel, darauf musst du achten", mahnte die Mutter, während sie sich neben ihn setzte, „sei sorgsam mit deinen Stein, lass ihn nicht fallen. Er ist aus Glas und zerspringt in tausend Stücke, wenn du unvorsichtig mit ihm umgehst." „Aber dann nehme ich einfach den Stein, der morgen wächst, und setze ihn ein", sagte Marcel. Die Mutter schüttelte den Kopf. „Nein, das geht nicht. So wie jeder Tag in deinem Leben wichtig und unwiederbringlich ist, so ist auch jeder Stein einzigartig. Das Mosaik wächst mit jedem Tag, du kannst es nicht betrügen." Marcel nickte und presste die vor Aufregung feuchten Fingerchen aneinander, während die Mutter neben ihm den Kopf senkte, die Augen schloss und die Hände faltete. Marcel überdachte seinen Tag, er erinnerte sich an sein Erwachen am Morgen, an seine guten und bösen Gedanken, an das, was er getan und erlebt hatte. Und während er sich erinnerte, fühlte er, wie der Stein zwischen seinen Händen wuchs. Ungeduldig hob er die gefalteten Händchen an seine Augen und lugte hinein. Da lag er, sein erster eigener Stein, zart gefärbt und glänzend. „Mama", jubelte Marcel und sprang auf, „Mama, ich habe einen Mosaikstein, meinen ersten farbigen Mosaikstein." „Sei vorsichtig, Marcel", rief die Mutter bestürzt, aber da war es schon passiert. Der Stein entglitt den aufgeregten, schweißnassen Händchen, prallte auf den Boden und zersprang.

Betroffen musterte Marcel die staubfeinen Glasteilchen, die auf dem Fußboden verstreut lagen, und schaute Hilfe suchend zu seiner Mutter auf. Die jedoch schüttelte betrübt den Kopf. „Dein Stein ist zerstört, Marcel. Dieser Tag ist wie nicht gelebtes Leben." „Das kann nicht sein", protestierte Marcel. „Es gibt immer einen Weg, Mama. Das hast du mir so oft gesagt." Er warf sich auf den Fußboden zwischen die Splitter seines zerschlagenen Tages und schluchzte. Langsam setzte sich seine Mutter neben ihn, nahm ihn in die Arme und wiegte ihn, wie sie es getan hatte, als er noch ganz klein war. „Weine nicht, Marcel", tröstete sie. „Du hast jetzt zwei Möglichkeiten. Hör zu." Marcel wischte sich die Tränen aus den Augen und sah seine Mutter gespannt an. „Du kannst dieses Feld in deinem Lebensmosaik frei lassen", begann die Mutter. Marcel schüttelte heftig den Kopf. „Hör mir zu, Marcel", mahnte sie. „Werte nicht sofort, warte." Marcel schluckte, nickte ergeben und wartete. „Es hat alles seinen Sinn. Du kannst ihn nicht immer sofort erkennen, aber er ist da", fuhr die Mutter fort. „Vielleicht hat auch dieses Unglück eine Bedeutung für dein weiteres Leben." Marcel horchte auf und lauschte noch gespannter. „Du kannst also dieses Feld in deinem Lebensmosaik frei lassen. Das tun viele Erwachsene schon lange, sie denken nicht mehr an das Mosaik ihres Lebens, nehmen ihr Dasein gedankenlos hin und merken nicht mehr, wie schnell ihre Tage verrinnen. Wenn diese Menschen alt sind, haben sie kein Bild ihres Lebens, bleibt ihren Angehörigen keine Erinnerung an ihr Wesen, wenn sie gegangen sind. Das ist die eine Möglichkeit." Marcel schwieg. „Die andere Möglichkeit ist um vieles schwieriger und gefährlicher. Du musst dich sofort auf den Weg zur Sternenkönigin machen. Sie hat die Macht, dir deinen Lebensstein zu ersetzen. Dieser Weg ist für Erwachsene verschlossen, aber du kannst ihn noch finden." Die Mutter stand auf, zog ihren Sohn zum Fenster und deutete auf einen großen Stern, der in der Ferne am Himmel leuchtete. „Unter diesem Stern steht das Kristallschloss der Sternenkönigin. Um dorthin zu kommen, musst du ein riesiges Feld durchqueren, einen hohen Berg überwinden, einen breiten Fluß hinter dir lassen und den Weg durch einen dunklen Wald finden. Und du wirst allein sein. Willst du das?", fragte die Mutter. „Kannst du das?", setzte sie leise hinzu und drückte ihren Sohn an sich. „Ich will und ich kann", sagte Marcel, stellte sich auf seine kleinen Füße und richtete sich entschlossen auf. „Dann geh", flüsterte die Mutter, „geh und finde deinen Weg. Ich werde hier auf dich warten." Marcel drückte sich noch einmal an seine Mutter, dann löste er sich, verließ das Haus und folgte dem Stern.

Bald war er an das große Feld gelangt, das erste Hindernis auf seinem Weg zur Sternenkönigin. Riesig erstreckte es sich in der Dunkelheit, unendlich lag es vor den kleinen Füßen, die es durchqueren mussten. In der Ferne heulten Wölfe den sternenklaren Himmel an. „Nein, das schaffe ich nicht." Verzagt kauerte sich Marcel zusammen und weinte. „Kind, warum weinst du?", fragte eine dunkle Gestalt, die wie aus dem Nichts neben ihm aufgetaucht war. Marcel hob sein tränennasses Gesicht und schaute den großen Wolf, der ihn aus unergründlichen Augen musterte, verzweifelt an. „Ich habe meinen Mosaikstein zerschlagen. Dieser Tag wird mir immer in meinem Leben fehlen, wenn ich das Schloss der Sternenkönigin nicht erreiche. Und es sieht so aus, als ob ich schon dieses Feld niemals durchqueren kann. Ich kann das Ende gar nicht erkennen." „Mmmh, ein Mosaikstein, das ist schlimm", sagte der große Wolf und wiegte den Kopf. „Sehr schlimm." Plötzlich hatte Marcel eine Idee. „Du bist groß, stark und schnell", sagte er, „du kannst mich auf deinen Rücken nehmen und über das Feld tragen." „Kind, was verlangst du von mir", antwortete der Wolf ernst. „Ich bin ein Rudeltier, nur sicher inmitten meiner Gefährten. Und du verlangst von mir, dass ich meine Familie und meine Sicherheit hinter mir lasse, um dich zu tragen." „Ich verlange nicht, ich bitte", sagte Marcel. Der Wolf überlegte. „Gut", stimmte er schließlich zu, „setz dich auf meinen Rücken." Der Wind brauste in Marcels Ohren, während der große Wolf ihn durch die Nacht über das Feld trug. Im Morgengrauen hatten sie das Ende erreicht. „Nun musst du allein weiter", sagte der Wolf, „ich kehre zu meinem Rudel zurück." „Ich danke dir, Gefährte der Nacht", sagte Marcel und drückte den riesigen Kopf noch einmal an sich. „Viel Glück, du tapferes Kind", rief der Wolf ihm noch über die Schulter zu, während er sich in Windeseile entfernte, heim zu seinem Rudel, zurück in die Sicherheit seiner Familie.

Müde schmiegte Marcel sich unter einem Busch in das hohe Gras und schlief sofort ein. Als er in der Abenddämmerung erwachte, setzte er sich, wie er es von seiner Mutter gelernt hatte, auf den Boden, faltete die Hände und schloss die Augen. Aber so sehr er sich auch bemühte, es wuchs kein Stein in seiner Hand. Marcel war schon ganz verzweifelt, als ihm die Mahnung seiner Mutter einfiel. „Es hat alles seinen Sinn. Werte nicht, warte", flüsterte er beschwörend, stand auf, pflückte sich ein paar Beeren vom Strauch und ging weiter, immer dem Stern folgend. Einige Stunden später, als die Nacht am tiefsten war, hatte er sein nächstes Ziel erreicht. Unendlich und gewaltig türmte sich ein Berg vor ihm auf, riesig und unüberwindlich in der Dunkelheit. Marcel legte den Kopf in den Nacken und bemühte sich, den Gipfel des Berges zu erkennen. Aber der Berg und der dunkle Himmel schienen zu einer bedrohlichen Einheit zu verschmelzen. Ängstlich lehnte sich Marcel an den rissigen Stamm einer Eiche, die am Fuße des Berges stand, und weinte. „Kind, warum weinst du?", hörte er eine Stimme aus dem Baum. Ein Adler mit mächtigen Schwingen schaute auf ihn herunter. „Ich habe meinen Mosaikstein zerschlagen. Dieser Tag wird mir immer in meinem Leben fehlen, wenn ich das Schloss der Sternenkönigin nicht erreiche. Und es sieht so aus, als ob ich diesen Berg niemals überwinden kann. Ich kann den Gipfel gar nicht erkennen." „Mmmh, ein Mosaikstein, das ist schlimm", sagte der Adler und schloss nachdenklich die klugen, gelben Augen. „Sehr schlimm." Plötzlich hatte Marcel eine Idee. „Du bist groß, stark und hast mächtige Schwingen", sagte er, „du kannst mich auf deinen Rücken nehmen und über den Berg tragen." „Kind, was verlangst du von mir", antwortete der Adler majestätisch. „Ich bin der König der Winde, ich gebiete über diesen Himmel. Und du verlangst von mir, dass ich dir diene." „Ich verlange nicht, ich bitte", sagte Marcel. Der Adler überlegte. „Gut", stimmte er schließlich zu, „setz dich auf meinen Rücken." Der Wind brauste in Marcels Ohren, als der Adler ihn höher und höher trug, den Sternen entgegen, über den Berg hinweg und auf der anderen Seite wieder nach unten, in eine ungewisse Morgendämmerung hinein. „Von hier aus musst du allein weitergehen", sagte der Adler, während Marcel vorsichtig von seinem Rücken rutschte. „Ich kehre zurück in mein Königreich." „Hab Dank, Gefährte der Nacht", sagte Marcel und legte seinen Kopf noch einmal an den mächtigen Schnabel. „Viel Glück, du Kind voller Liebe", flüsterte der Adler zärtlich, dann kehrte er mit rauschenden Flügelschlägen in seine Heimat zurück.

Müde kuschelte sich Marcel unter einen Apfelbaum und fiel sofort in tiefen Schlummer. Als er in der Abenddämmerung erwachte, setzte er sich wieder hin, wie er es von seiner Mutter gelernt hatte. Aber all sein Bemühen hatte wieder keinen Erfolg, der Mosaikstein wollte nicht wachsen. Traurig erhob er sich, pflückte sich einen Apfel und machte sich auf den Weg, immer dem Stern folgend. Endlich erreichte er sein nächstes Ziel. Der dunkle Fluss schäumte an ihm vorüber, das Wasser brodelte über das Ufer, an dem Marcel stand und erfolglos die andere Seite zu erkennen versuchte. „Nun ist meine Reise wirklich zu Ende", murmelte Marcel verzagt. „In diesen Fluten gibt es kein Leben, das mir helfen kann." „Kind, warum weinst du?", piepste es neben ihm. Ein kleiner Hase hockte im Gras und sah neugierig mit schnuffelndem Näschen zu ihm auf. „Ich habe meinen Mosaikstein zerschlagen. Dieser Tag wird mir immer in meinem Leben fehlen, wenn ich das Schloss der Sternenkönigin nicht erreiche. Und es sieht so aus, als ob ich diesen Fluss niemals hinter mir lassen kann. Ich kann das andere Ufer gar nicht erkennen." „Mmmh, ein Mosaikstein, das ist schlimm", sagte der kleine Hase und bewegte die Löffel. „Sehr schlimm. Aber ich weiß, wo eine Brücke ist, die über den Fluss führt." „Du musst sie mir zeigen", sagte Marcel. „Kind, was verlangst du von mir", antwortete der Hase ängstlich. „Ich bin klein und schwach, ich habe viele Feinde. Die Brücke ist so weit von hier entfernt, dass wir die ganze Nacht brauchen, um sie erreichen zu können. Ich muss die Sicherheit meines Baus weit hinter mir lassen." „Ich verlange nicht, ich bitte", sagte Marcel. Der Hase überlegte. „Gut", stimmte er schließlich zu, „ich führe dich." Im Morgengrauen hatten sie die Brücke erreicht, die sich in weitem

Bogen über die schäumenden Fluten spannte, während die Gischt hoch aufschäumte und bunte Regenbogen im ersten Sonnenlicht leuchteten. „Nun musst du allein weitergehen", piepste der Hase. „Weiter wage ich mich nicht, lass mich zurückkehren in die Geborgenheit meiner Erdhöhle." „Ich danke dir, Gefährte der Nacht", sagte Marcel und streichelte liebevoll über die weichen Löffel. „Viel Glück, du freundliches Kind", antwortete der Hase. Im nächsten Moment schon war er verschwunden, nur das Geräusch seiner eilig hoppelnden Pfoten war noch zu hören, bis auch das langsam in der Ferne verklang.

Müde verbarg sich Marcel in einer Erdmulde am Ufer des Flusses und verschlief den Tag. In der Abenddämmerung erwachte er, setzte sich hin, wie er es von seiner Mutter gelernt hatte, faltete die Hände und schloss die Augen. Aber der Stein wuchs auch heute nicht. „Werte nicht, warte", erinnerte sich Marcel, krabbelte aus seiner Mulde, sammelte einige Wurzeln, um den schlimmsten Hunger zu stillen, und machte sich auf den Weg, immer dem Stern folgend. Als die Nacht dunkler nicht mehr werden konnte, sah er den Wald vor sich liegen, geheimnisvoll, undurchdringlich, von solcher Schwärze, dass kein Weg zu erkennen war. Nur hier und da leuchteten zwei grüne Lichter aus der Dunkelheit. „Hallo, ist da jemand?", rief Marcel verzweifelt. Die grünen Lichter verschwanden. „Hallo, ist da jemand?", weinte Marcel noch einmal. „Kind, warum weinst du?", schnurrte ein schwarzer Kater, der sich unbemerkt in der Dunkelheit herangeschlichen hatte, und umstrich seine Beine. „Ich habe meinen Mosaikstein zerschlagen. Dieser Tag wird mir immer in meinem Leben fehlen, wenn ich das Schloss der Sternenkönigin nicht erreiche. Und es sieht so aus, als ob ich den Weg durch diesen dunklen Wald nicht finden kann. Ich sehe weder Weg noch Steg." „Mmmh, ein Mosaikstein, das ist schlimm", sagte der Kater und putzte sich bedächtig. „Sehr schlimm." Plötzlich hatte Marcel eine Idee. „Deine Augen sind die grünen Lichter, die ich im Wald gesehen habe", sagte er, „du kannst in der Dunkelheit sehen, also kannst du mich auch durch den Wald führen." „Kind, was verlangst du von mir", antwortete der Kater gleichgültig. „Ich bin ein völlig unabhängiges Geschöpf. Ich brauche niemanden, nur mich allein. Und du verlangst von mir, dass ich mich dir anschließe." „Ich verlange nicht, ich bitte", sagte Marcel. Der Kater überlegte. „Gut", stimmte er schließlich zu, „folge mir." In der Morgendämmerung erreichten sie das andere Ende des Waldes. „Von hier aus musst du allein weitergehen", maunzte der Kater. „Überlass mich mir und meiner Einsamkeit." „Ich danke dir, Gefährte der Nacht", sagte Marcel und streichelte das samtige Fell. „Viel Glück, du geduldiges Kind", hörte er noch die Antwort, während der Kater schon wieder in der Nachtschwärze des Waldes verborgen war.

Auch diesen Tag verschlief Marcel. In der Abenddämmerung erwachte er erschöpft und hungrig, setzte sich jedoch voller Hoffnung hin, wie es seine Mutter ihn gelehrt hatte, faltete die Hände und schloss die Augen. Nichts, auch der Stein dieses Tages wollte nicht wachsen. Traurig erhob sich Marcel und folgte dem Stern. In der Mitte der Nacht hatte er endlich sein Ziel erreicht. Das Schloss der Sternenkönigin stand in majestätischer Einsamkeit vor ihm. Schwarze Kristallwände erhoben sich in den Himmel, das Licht des Vollmondes funkelte im silbrigen Wasser der Bachläufe, die sich leise glucksend ihren Weg durch den Garten suchten. Während Marcel noch andächtig die Schönheit um sich herum musterte und Hunger, Durst und Müdigkeit vergaß, fühlte er eine weiche Hand auf seiner Stirn. Vor ihm stand die Sternenkönigin und sah aus nachtblauen Augen auf ihn herunter. „Ich weiß, was dich zu mir führt, mein Kind", lächelte sie. „Ich habe deinen Weg verfolgt, du warst tapfer, geduldig und voller Liebe. Also sollst du belohnt werden." Wieder legte sie ihm die Hand auf die Stirn und schon im nächsten Moment stand Marcel mit ihr in einer riesigen Halle, deren Wände bis in die Unendlichkeit des Himmels mit Mosaiken bedeckt waren. „Hierher kehren die Mosaike zurück, wenn sie von der Erde verschwunden sind", rief Marcel staunend. „Von hier kommen sie und hierher kehren sie zurück", lächelte die Sternenkönigin und gab Marcel einen kleinen Beutel aus schwarzem Samt. „Nimm dies, mein Kind. Das sind dein verlorener Stein und die Steine der vier vergangenen Abende." „Aber ich muss doch auch wieder zurück", sagte Marcel, „werden die Steine auf meinem Rückweg in meiner Hand wachsen, wenn ich mich hinsetze, wie meine Mutter es mich gelehrt hat?" Die Sternenkönigin schüttelte geheimnisvoll den Kopf. „Schließ die Augen, mein Kind."

Folgsam schloss Marcel die Augen, fühlte wieder die weiche Hand auf seiner Stirn und fiel, fiel durch einen samtenen Tunnel, schwebte durch undurchdringliche Dunkelheit, fühlte sich wohl und geborgen, jenseits von Angst, Hunger und Durst. Mit noch immer geschlossenen Augen nahm er vertrauten Duft war, spürte vertraute Wände um sich, fühlte noch immer die weiche Hand auf seiner Stirn. „Schön, dass du wieder da bist, mein Kind", sagte seine Mutter. Erstaunt schlug Marcel die Augen auf und meinte für einen Moment, noch einmal in die nachtblauen Augen der Sternenkönigin zu schauen. „Mama", murmelte er zärtlich und legte seine Arme um den Hals der Mutter. Dabei klapperten die Steine in dem Samtbeutel, den er noch immer fest in den Händen hielt. „Du hast es geschafft", lachte seine Mutter, öffnete den Beutel vorsichtig und schüttete Marcel die Glassteine in die geöffneten Händchen. Staunend sah er auf sie nieder – alle fünf Steine waren aus Gold. „Warum aus Gold, Mama?", fragte er ratlos und schüttelte den

Kopf. „Du hast etwas erreicht, was nur wenigen Menschen vergönnt ist, Marcel", sagte seine Mutter liebevoll. „Du hast Selbstlosigkeit und Liebe, Aufopferungsbereitschaft und Anteilnahme erfahren. Dafür sei dankbar, so lange du lebst."

Noch Jahre später, wenn Marcel sein Mosaik betrachtete, all die bunten, die hellen und die dunklen Steinchen, blieb sein Blick an den fünf goldenen Steinen hängen. „Ich bin ein glücklicher Mensch", pflegte er dann zu sagen. „Ja, ich bin ein glücklicher Mensch."